कथा एक नामी घराने की

[कहानी-संग्रह]

परमेश्वरी प्रकाशन

(किताबघर प्रकाशन का उपक्रम)

प्रीत विहार, दिल्ली

कथा एक नामी घराने की

हृदयेश

ISBN—978-93-80048-92-5

प्रकाशक

परमेश्वरी प्रकाशन
(किताबघर प्रकाशन का उपक्रम)
बी–109, प्रीत विहार
दिल्ली–110092

प्रथम संस्करण
2015

मूल्य
दो सौ रुपये

मुद्रक
कुमार ऑफसेट प्रिंटर्स
381, पटपड़गंज इंडस्ट्रियल एरिया, दिल्ली–92

KATHA EK NAAMI GHARAANE KI (Stories in Hindi)
by Hridayesh
Price : Rs. 200.00

दो शब्द

यह मेरा इक्कीसवां कहानी-संग्रह है। इसमें मेरी इधर चंद वर्षों में विभिन्न पत्रिकाओं मसलन 'नया ज्ञानोदय', 'वागर्थ', 'समकालीन भारतीय साहित्य', 'शुक्रवार' (साहित्य वार्षिकी), 'आधारशिला' (लेखक पर केंद्रित अंक), 'चौराहा' (प्रवेशांक) व 'कथाक्रम' में प्रकाशित नौ कहानियां संगृहीत हैं। 'अविश्वास' और 'सलाम हुजूर' बहुत पहले लिखी गई थीं। इन दोनों कहानियों का तब साहित्यिक जनों और सुधी पाठकों द्वारा उस प्रकार से नोटिस नहीं लिया गया था जिसकी वे हकदार थीं और अनवधानता में गुमनामी का शिकार हो गईं। इनका इधर जब पुनर्प्रकाशन हुआ, परिमार्जन और संवर्धन के जरूरी स्पर्श के पश्चात्, तब साहित्यिक जगत् में इन्होंने अच्छी खासी सराहना प्राप्त की।

मैं इस धारणा का हूं कि वही कहानियां लंबी उम्र की और कथा-विधा के प्रेमियों और उस पर गहरी नजर रखने वालों द्वारा स्वीकार्य और सत्कार की अधिकारिणी होती हैं जिनमें कथा-तत्त्व, प्रगतिशील-तत्त्व और वैज्ञानिक सोच का संतुलित रसायन होता है अर्थात् कथ्य, भाषा, शिल्प और विचारात्मक संवेदना का अद्वैत रूप। आशान्वित हूं कि वर्तमान संग्रह की कई कहानियां मेरी इस अवधारणा का आदर्श उदाहरण साबित होंगी।

–हृदयेश

क्रम

दैवीन्याय

किसी छोटे से क्षेत्र को आधार बनाकर भी अपने समय, समाज और देश के चरित्र, आचरण, व्यवहार या कहा जाए कि उनकी दशा-दिशा को जांचा-परखा जा सकता है। यह छोटा क्षेत्र एक विशाल भंडारगृह से यों ही उठा लिया गया नमूना होता है और इसके विश्लेषण से प्राप्त परिणाम वामनदेव का दर्जा प्राप्त कर लेते हैं, बहुत कुछ को अपनी जद में ले लेने वाले। यह भागा-भागी, उजलत, अधीरता का जमाना है, गैरजरूरी से चिढ़ने और मकसद पर झपटने का। नो बकवास सीधी बात। भूमिका पर न अटका रहकर इसलिए विषय पर ही आया जाए। वैसे भी बात ही असल में बोलती है, वही सारा भेद खोलती है।

नमूना बने उस क्षेत्र में तहसील सदर स्थित थी। तहसील सदर ज्यादातर जनपदों के मुख्यालयों यानी शहर के अंदर ही होती है और ज्यादातर पुराने शहरों के पुराने हिस्सों में जो कभी खास होते थे। उस खासियत के सब तो नहीं फिर भी कुछ अवशेष मुद्दत-मुद्दत तक बने रहते हैं। यहां भी कुछ ऐसा ही था।

अभी नौ बजे थे और तहसील के परिसर में हलचल होने लगी थी। हलचल की गति घड़ी की सुई से कई गुना तेज थी। हलचल में हलचल जुड़ती जा रही थी, उसे स्थूल से स्थूलतर बनाती हुई। यहां-वहां पड़े छोटे, मझोले, बड़े तख्तों पर वकील के मुंशी इंक-पैड, गम-ट्यूब, वाटरमार्का पेपर, स्टाम्प, स्टैपलर व जरूरत के दीगर नट-बोल्ट सहेजे हुए बक्से, डेस्कें रखने लगे थे व मैले-दगैले कपड़ों में बंधी हुई मिसलों के छोटे-बड़े गट्ठर। फन में माहिर दलाल जुट रही भीड़ में से गर्जमंदों को चीन्ह रहे थे, आंक रहे थे। एक बिलौटा चेहरे के दलाल ने एक गर्जमंद को खोज लिया था। उसके काम को काफी झंझटी जताकर दिलासा दिया था कि लेकिन वह उसे करा देगा। उसके आसपास वाले गांवों के चार-पांच जनों के नाम बताकर कि वह उनके वैसे ही पुराने, दम गंवाए काम करा चुका है, उसने एक मुटौली रकम खर्च की मद में

आने की बात बताई। गर्जमंद के हाथ जोड़ देने पर कि वह उसकी औकात के बाहर है, उसने एक या दो बार के आने पर काम हो जाने और दस बार के दौड़ने-पदने पर काम होने और उस पर भी पक्का नहीं कि हो ही जाने और होने पर भी एकदम सही होने का ऐसा शक-शुबहा का धुंध सिरजा कि सौदा हो ही गया, सौ या नब्बे फीसदी का नहीं तो सत्तर फीसदी वाली रकम का। उसने गर्जमंद के सामने मोबाइल पर एक नंबर मिलाया, हां-हूं की और बताया कि उसने नायब साहब से बात कर ली है। नायब साहब ऐसे कामों के इंचार्ज हैं, कर्ता-धर्ता। उसने एकदम सही जगह गोट डाली है। नायब साहब से उसका मंशा नायब तहसीलदार से था। बिलौटा चेहरे के इस आदमी ने एक और आदमी को चीन्ह कर उससे उसके काम की निस्बत बात की। शुरुआत में ही उसने इस दूसरे को झिंझोड़ दिया, "मुझे क्या गधा समझा है? न मैं फोकट का आदमी हूं, न फोकटवाले को मुंह लगाता हूं। कर्मचारी मरखन्नी भैंस होती है। मरखन्नी भैंस के आगे चारा डालने पर ही वह थन में हाथ लगाने देती है। भाग यहां से। मेरे पास ऐसे बिला खोपड़ियों के लिए वक्त नहीं है।" बिलौटा चेहरा इसी के बाद पहले गर्जमंद के पास बढ़ आया था, "लाओ, पचास का एक नोट निकाल के दो, मुझे तभी अपने से बिका हुआ समझो। नायब साहब घंटा भर में आएंगे। उनको भी शुरू में पहले थोड़े पैसे दिलवाऊंगा। काम पूरा हो जाने पर ही बाकी अदाएगी। यह गोबरधन लाल न किसी को उल्लू बनाता है, न उल्लू बनता है। साफ जबान है तो साफ दिल भी।"

उसने गांधी बाबा छाप वाला वैसा नोट झटक ही लिया।

मुंशियों ने अपने तख्तों, ठिकानों पर, जिनको बिस्तर भी बोला जाता था, पुराने मुवक्किलों के साथ कुछ नए घेर लिए गए मुवक्किलों को भी बैठा रखा था। वकील साहब आ जाएं तो इन नयों में से खूंटे से बंधने लायकों को बांध लिया जाए।

घड़ी की सुई आगे बढ़ी थी। हलचल ने कुछ और नई खेपें डाल दी थीं। खास पहनावे से अपनी पहचान लिए वकीलों की भी आमद शुरू हो गई थी। पेशे में नए दाखिल वकील पहले आते थे। पेशे में अपने को टिकाए रखने के लिए उनको काम के लिए ज्यादा जुगाड़ करनी पड़ती है और उसके लिए ज्यादा मौजूं वक्त का भी खयाल रखना पड़ता है। नयों के बाद पुराने खुर्राट वकील आते थे। अनुभव से हासिल दांव-पेंच से लैस उस्तादी उनकी इतमीनानजदा ताकत थी। प्रतिकूलताएं तथा समस्याएं उनके लिए बिला गठान,

बिला हड्डी की होती थीं।

परिसर लदा-फंदा था। लोग रास्तों में भी अटे हुए थे। निकलने के लिए राह बनानी होती थी। यह आजादी के तिरसठवें साल के बाद का तीसरा दिन था जब राजकाज से जुड़े विभाग, कार्यालय खुले थे। पंद्रह अगस्त शनिवार को पड़ा था और उससे जुड़ा रविवार था, एक और अकार्य दिवस। जन साधारण से सीधे जुड़े दफ्तरों में वैसे ही भीड़-भाड़ रहती है, छुट्टी के बाद खुलने पर इसमें उफान आ जाता है।

नौ बजे से ही धूप में चुभन भरने लगी थी। ग्यारह बजते-बजते इसमें शीशे की किरचें खुब गई थीं। आकाश से बादल गायब थे। वे एक मुद्दत से गायब थे। माना गया है कि सावन-भादों यानी जुलाई-अगस्त की धूप में हिरन तक काले हो जाते हैं। धूप की आंच ऐसी ही थी और अविकसित व अर्ध-विकसित मुल्क ग्लोबिंग वार्मिंग की चपेट में हैं—इस सच को उगल रही थी। भीड़ के अधिकांश जन इस धूप के अभ्यस्त थे। अभ्यस्तता ओट होती है। जो ज्यादा अभ्यस्त नहीं थे, काम के निपटने की गतिविधियां और चिंता उनके लिए ओट बन गई थी।

जैसा होता था वैसा हो रहा था। वैसा हो इसलिए रहा था कि वैसा होता आया था। दस, बीस, पचास वर्षों से जो हो रहा है वह उस होने की आदत बन जाता है, उसका चरित्र।

परिसर के उत्तरी पार्श्व में एक और दफ्तर था, बिजली विभाग का स्पॉट बिलिंग सेंटर। यहां एक निर्धारित क्षेत्र के उपभोक्ता अपने बिजली के बिल की देय राशि जमा करने आते थे। यहां भी लोगों का जमघट लगा रहता था। कभी बिलों का निस्तारण करने वाली खिड़की विलंब से खुलती थी, कभी समय से पहले बंद हो जाती थी, कभी कंप्यूटर में कोई खराबी होती थी, कभी बिजली के अपने दफ्तर में बिजली नहीं होती थी और इनवर्टर आधा-अधूरा चार्ज्ड होने के कारण पूरा भार उठा नहीं पाता था। वापस हुए उपभोक्ता अगले दिन आकर जमघट को गाढ़ा कर देते थे। उस दिन तो दो छुट्टियों के बाद वाला जमघट था। वहां लगा हुआ क्यू लंबा होता जा रहा था, हनुमान जी की पूंछ की तरह। काफी लोग क्यू से बाहर भी छिटके हुए थे, क्यू में अपने को टिकाए रहने की क्षमता और सार्थकता पर संदेह करते हुए।

नंबर आने पर खिड़की के पास पहुंचे अधेड़ ने अपना बिल अंदर सरका दिया। काउंटर पर बैठे बाबू ने लौटा दिया, "मीटर रीडर घर पहुंचकर आपके

खर्च हुए यूनिटों की जांच कर वहीं भुगतान पर्ची बना देगा। तभी आना।"

"आप पिछले दो माह से ऐसा कह रहे हैं। आपका आदमी घर पहुंचता नहीं।"

"मीटर रीडर गया होगा। घर बंद होगा। अगले माह की दस तारीख तक उधर फिर जाएगा।"

"मैं चार-पांच माह का इकट्ठा पैसा जमा नहीं कर सकता। मेरा यह बिल आप जमा करा दीजिए। मैं डेढ़ घंटे से लाइन में लगा हूं।"

"लाइन में लगकर आपने विभाग पर कोई अहसान नहीं किया है।"

बाद में खड़े आदमी ने उससे हट आने को कहा। उससे पीछे वाला बोला, "बाबू ने जब मना कर दिया है तो जमा नहीं होगा। ब्रह्मा जी की न है यह।"

अधेड़ बाहर हट आया। उसने आसमान की ओर देखा जैसे ऊपर वाले से शिकायत की हो कि यहां गरीब आदमी की कोई नहीं सुनता। गरीब, लाचार के लिए परेशानी ही परेशानी है।

भीड़ में दो कुत्ते भी शामिल हो गए थे। कुत्ते वहां रोज ही आ जाते थे, कुछ इस भाव से कि वहां सब कुछ वैसा ही हो रहा होगा, फिर भी चलकर देखें। रोज आने के सबब से उनमें वहां इच्छानुसार डोलने का अधिकार भाव भी होता था।

वहां एक पागल भी आ गया था। उसका आना भी लगभग रोज का था। उसके जिस्म पर ढीला-ढाला कचमैला कुर्ता-पाजामा रहता था। पांव नंगे होते थे जो खुर जैसे दीखते थे। यह उसकी एक पहचान थी। वह दस, बीस, पचास आदमी, जिस-जिस के भी पास बढ़ जाता था, उस-उस के आगे बिना कुछ बोले हाथ फैला देता था। कोई-कोई रुपया-अधेली दे देता था। जो देता था उस पर हंस देता था। जो नहीं देता था उस पर भी हंस देता था। हंसते हुए उसके चेहरे पर अंगुल भर उगी स्याह-सफेद दाढ़ी में आधा-पौन मिनट तक हरकत होती रहती थी। यह उसकी एक और पहचान थी।

वहां कुछ देर बाद एक सिपाही भी आ गया था। चार-पांच वर्ष पहले तत्कालीन सिटी मजिस्ट्रेट व संबंधित क्षेत्राधिकारी के निर्देश पर कई जनसंकुल स्थानों में आतंकवादी घटनाओं की आशंका से पुलिस की ड्यूटी लगाई गई थी। ये ड्यूटियां फिर कायम रखी गई थीं। कानून व्यवस्था की सेहत की बात फिर इससे जुड़ गई थी। नियम, कानून, विधि-विधान इनके संचालक या नियंत्रक के अधीन होते हैं और संचालक या नियंत्रक का चरित्र ये भी ग्रहण

कर लेते हैं। समय का बन गया चरित्र भी इनको प्रभावित करता है।

सिपाही ने गेट के अंदर दस-पांच कदम आकर फर्श के उभरे गुम्मों को दो-तीन जगह अपने लाठीनुमा बेंत से ठकठकाया। ठकठकाकर अपनी उपस्थिति दर्ज कराई। फिर तहसील के मुख्य भाग में नजर दौड़ाई। भीड़ काफी है। फिर भीड़ में धंसता चला गया। तहसील का गलमूंछों वाला चौकीदार दीख गया। उससे भोंड़ी मजाक की। फिर और आगे धंस गया। फिर घूमकर स्पॉट बिलिंग सेंटर वाले हिस्से में आ गया। भीड़ यहां भी है। कोई उपभोक्ता क्यू तोड़कर खिड़की पर पहुंचने का प्रयास कर रहा था और क्यू में कायदे से लगे उपभोक्ता आपत्ति कर रहे थे। क्यू तोड़ने वाला खिड़की पर पहुंच ही गया था। वह जिस्म से तगड़ा था।

पागल ने हाथ सिपाही की ओर फैला दिया। सिपाही ने बेंत जड़ दिया, "हरामी, तेरे बप्पा का क्या लोगों पर कर्जा था जो मांगता-घूमता है?" पागल हस्ब मामूल हंसने लगा था। "साले दांत चिरियाता है," सिपाही ने दो बेंत और जड़ दिए, "मां का..."

"यहां मां-बहनें मौजूद हैं, खयाल तो किया होता," जमघट का हिस्सा बनी एक औरत ने टोका।

"बहन जी, सॉरी, वेरी-वेरी सॉरी। पुलिस का यह महकमा ससुरा बहुत गंदा है। अपने हर कारकुन को गंदा बना देता है। अपनी सगी बहन पर भी दिमाग गरम होने पर जबान ससुरी गंदगी चुआ देती है।"

सिपाही ने ऐसा कहते-कहते अपनी आंखों को औरत की मांसल देह का स्वाद चखा दिया था। वह वहां से हटकर एक वकील के कम आबाद तख्त पर टिक गया। मुंशी ने उसका स्वागत किया। मुंशी ने वहां बैठे कस्बे से आए मुवक्किल से कहा कि वह दीवान जी के लिए सिगरेट ले आए। उसके लिए भी।

"मेरे पास छुट्टा पैसा नहीं है। बीस का नोट है। नोट टूटेगा नहीं।"

"दो की जगह पूरी डिब्बी ले लेना। टूट जाएगा।" मुंशी ने उपाय का यह पाथर मुवक्किल के गले में लटका दिया।

सिगरेट पीकर सिपाही उठ आया और इधर-उधर डोलने लगा। वह यहां की ड्यूटी पर छह माह ऊपर से लगा हुआ था।

चार दिन पहले वहां काम से आए एक आदमी की साइकिल उठ गई थी। उस आदमी ने सिपाही से आकर शिकायत की थी कि उसकी साइकिल सौ बिस्से ठेकेदार ने उठवा दी है। ठेकेदार साइकिल रखाई पांच रुपए मांगता था।

उसने दिए नहीं और पेशाबखाने के पास ताला लगाकर रख दी। दस मिनट में मय ताले के उठ गई।

"गलती तेरी है। ठेकेदार ने साइकिल, दुपहिया रखने का ठेका लिया है। ठेकेदार के पास रखता तब उसकी जिम्मेदारी थी। जा भाग। साइकिल का अब स्यापा कर।"

दो महीने पहले तहसील में पीछे से दाखिल होने वाली गली में दोपहर को फायरिंग हुई थी। दो दिन बाद दूसरी पार्टी वाले ने पहली पार्टी के जवाब में धांय-धांय की थी।

तहसील से कुछ ही फासले पर कोतवाली थी। वहां एक पत्रकार ने इस वारदात के बारे में जानना चाहा था। कोतवाल ने हाथ झाड़ दिए थे, "मेरे पास ऐसी किसी वारदात की सूचना नहीं है। तहसील में तैनात सिपाही ने भी इस बारे में कोई रिपोर्ट नहीं की। कानून हरकत में तब आता है जब कानून को अपने तोड़े जाने की शिकायत मिले।"

सिपाही स्पॉट बिलिंग सेंटर की जानिब फिर बढ़ आया था। क्यू वैसे ही हनुमान जी की पूंछ बना हुआ था। दस-बीस यदि छंट गए थे तो उतने ही और जुड़ गए थे। एक उपभोक्ता सिपाही के पास फूट आया, "आप मेरा बिल जमा करा देंगे?" इससे पहले भी वह उसकी मदद ले चुका था। दो-तीन बिल सिपाही के पास और बढ़ आए थे। पांच बिल सहेजने के बाद उसने मना कर दिया, "मेरा कोटा खत्म।" ये बिल वे थे जिनकी देय राशि का लेखा-जोखा बन चुका था। सिपाही सेंटर के पृष्ठ भाग में चला गया जिधर अंदर जाने के वास्ते एक प्रवेश निषिद्ध दरवाजा था। बीस-पच्चीस मिनट के अंदर जमेयत की रसीदें लेकर सिपाही लौट आया। दस रुपए प्रति बिल की दर से उसने अलग से जो वसूल किया था उसे परेशानी और वक्त की बरबादी से निजात दिलाने की अपनी फीस कहा था।

पिछले माह वह बिल लेकर लौट आया था। कहा कि पचास का नोट उसके पास मीजान से कम आया है। यह तो नहीं बता सकता कि किसने कम दिया है पर दिया है किसी ने कम। पैसे पूरे कर दिए जाने पर ही बिल जमा होंगे।

डांड भरने में हिस्सेदारी करने वाला एक उपभोक्ता बड़बड़ाया था, "इसे झूठ पकड़ने की मशीन के सामने खड़ा किया जाए तो मशीन झूठी निकलेगी और यह सच्चा।"

घड़ी की सुई आगे बढ़ी थी। उसका बढ़ना न मालूम होकर भी किसी

बिंदु पर मालूम हो जाता है। लंच का वक्फा हुआ था। वक्फा हो गया था अपने तय समय से पहले लेकिन खत्म हुआ था तय समय से आगे निकलकर।

भीड़ छंटी थी मगर उतनी नहीं कि भीड़ न रहे। स्पॉट बिलिंग सेंटर की दूसरी पारी में भी पहली पारी से बचे चेहरों के साथ कई नए चेहरों ये मिलकर क्यू बना था, हनुमान जी की पूंछ जैसा न होकर भी क्यू की मौजूदगी का अहसास कराता। सिपाही ने इस पारी में भी तीन-चार उपभोक्ताओं के बिल अपनी फीस लेकर जमा करा दिए थे।

काम से फारिग होकर बिस्तर पर लौटे एक भारी चेहरे वाले वकील से मुंह के कई दांत गंवाया हुआ मुवक्किल अपने मुकदमे की मिसल वापस मांग रहा था। तीन-चार बार वह मिसल के लिए पहले भी आया था। वह अपना मुकदमा तहसील में हार चुका था और अपील दूसरे वकील की मार्फत दायर करना चाहता था। वकील की इस-उस तरीके से कोशिश यह थी कि अपील वही दायरे करे, फंसा हुआ मुवक्किल हाथ से जाए नहीं। मुवक्किल वकील की काबिलियत और पेशेगत निष्ठा पर विश्वास खो चुका था। बढ़ती रट देखकर वकील का इशारा पाकर मुंशी ने कहा, "मिसल लेना ही चाहते हो तो मिल जाएगी। इसके लिए मगर ढाई सौ रुपए देना पड़ेंगे।"

"रुपए काहे के? मेहनताने का मुझ पर कोई बकाया नहीं है। कागज मेरे हैं। अपने कागज मांग रहा हूं।"

"वकील के पास आ गए कागज वकील के होते हैं। साफ बात, रुपए लेकर जब आओगे, मिसल दे दूंगा।"

मुवक्किल ने दांत अपने और गंवा दिए थे। सहायता की आशा से वह चंद कदम के फासले पर खड़े सिपाही की ओर बढ़ आया। सिपाही ने उसका मुंह कुछ और पोपला बना दिया, "मुवक्किल और वकील के बीच यह तो सिविल का मामला है। पुलिस इसमें ससुरी कहां से आती है?"

घड़ी की सुई कार्य-समय सीमा के आगे बढ़ गई थी। तहसील परिसर की भीड़ सिमट चली थी।

आजादी के तिरसठवें साल के बाद का वही तीसरा दिन था और था अपने समय, समाज और देश के चरित्र, आचरण व व्यवहार के विश्लेषणपरक परिणामों को प्राप्त करने का आधार बना वही छोटा सा क्षेत्र। इस क्षेत्र का भाग वह सर्राफा बाजार भी था जो तहसील से बस चंद मीटर के फासले पर स्थित

था। दक्षिण से शुरू हुई इस बाजार की दो-चार दुकानें तहसील की बगल तक रेंग आई थीं।

वक्त अपराह्न का था, पांच बजे के आसपास का। सूरज ढलान पर होते हुए भी स्वयं को बाहुबली होने की प्रतीति करा रहा था। दिन को उसने अभी भी कसकर थामे रखा था।

भारी-भरकम लोहे की अलमारियों और सेफों का रौब-रुतबा वाली एक दुकान पर एक अधेड़ किसान दुकान के केसरिया रेशमी कुर्ता व झक सफेद धोतीधारी मालिक को बार-बार विश्वास दिलाने की कोशिश कर रहा था कि उसने ब्याज की तीसरी किस्त वक्त पर जमा कर दी थी, मगर मालिक मानने को तैयार नहीं था। किसान के पास उस दुकान का नाम छपी पर्ची थी जिस पर ब्याज की वह किस्त टीपी हुई थी। पर्ची की टीप दुकान मालिक के हाथ की नहीं थी।

"सेठ जी, मैं सच कह रहा हूं। आप किसी ग्राहक से उस रोज बात कर रहे थे। आज से एक पहर पहले की बेला थी। आपने दुकान पर बैठे अपने मिलने वाले से कहा था कि पर्ची पर ब्याज की पावती लिख दो। ग्राहक से निपट के मैं खाते में रकम चढ़ा लूंगा।"

"तुम दस बार यही बात कह चुके हो। मैं बेवकूफ बनने वाला नहीं हूं। मैं सांझ को दुकान बढ़ाने से पहले दिन भर में आई रकम और रोकड़बही में दर्ज इंदराजों का मिलान अपने आप करता हूं। आधा मिनट का काम था। मैं किसी से क्यों कहता कि लखनलाल की पर्ची पर ब्याज की किस्त वह टीप दे?"

"सेठ जी, मैं राम जी की सौगंध खाके कह रहा हूं, मैंने रुपए दे दिए थे।"

"गीता, कुरान की कसम खाकर लोग अदालत में झूठ का गू चाट लेते हैं। बाजार में बैठकर मैंने जमाने के जाल-फरेब को खूब जाना-सीखा है। तुम्हारे झांसे में मैं आने वाला नहीं हूं। ...बाबा, मैं तुम्हारे हाथ जोड़ता हूं। टलो यहां से। असल और ब्याज की पूरी रकम लेकर आना और माल छुड़ा ले जाना।"

वहां अगल-बगल की दुकानों से दो-तीन लोग आ गए थे। एक ने कहा कि सेठ जी धर्मात्मा हैं, भगवान से डरने वाले। यह तो सिर्फ चार सौ की बात है। चार लाख की भी होती तब भी सेठ जी की नीयत डिगती नहीं। दूसरे लोगों ने भी इस कथन पर रद्दा लगाया।

"मैं अपने बेटे की सौगंध खाने को तैयार हूं। मंदिर ले चलो। देवता पर

हाथ रख के कह दूंगा।"

"फिर कसम, सौगंध की बात। बाजार है। भागो यहां से फौरन। तुम्हारा यह तमाशा वरना तुम्हें भारी पड़ेगा।"

दुकान पर सीलिंग फैन तेज-तेज चल रहा था। किसान का जिस्म पसीने से लथपथ था। आए लोगों में से एक ने और भी धमक भरी धमकी के बल पर उसे वहां से भागने पर मजबूर कर दिया।

दूसरी पटरी की श्री राधावल्लभ ज्वैलर्स नाम की एक ऐसी ही दुकान पर एक और किसान अपना डरा, घबराया हुआ चेहरा लिए बैठा था। चार दिन पूर्व उसने अपनी औरत का जेवर बेचा था। जो रकम मिली थी उसमें पांच सौ का एक नोट नकली था। नोट के नकली होने का इल्म उसे आज तब हुआ था जब वह घर में शुरू होने वाले मरम्मती काम के वास्ते ब्लॉक स्थित स्टोर से सीमेंट की बोरी खरीदने गया था। वह वहां से सीधा भागता जेवर बिक्री वाली दुकान पर आया था।

ललाट पर चंदन की बड़ी गोल बिंदी लगाए और दाहिनी कलाई में कलावा बांधे तुंदियल लाला ने पहले तो उसे समझाया था कि पैसा उसी दिन बैंक से निकलवाया था और बैंक से आए नोट असली होते हैं। फिर हड़काया था कि उसी से कहीं अदला-बदली हो गई है या फिर उसकी जनानी से। औरतें अपनी गलती छिपाती हैं।

"लाला जी, आपसे मिले रुपए मैंने कपड़े में बांध के अपनी संदूकची में ताला लगा के रख दिए थे। आज लेके जब सिलीमेंट उठाने आया तो सिलीमेंट वाले ने बताया नोट नकली है। दो-तीन औरों को दिखाया। उन्होंने भी नोट नकली बताया।"

"तेरे दिमाग में यह बात घुसती क्यों नहीं कि बैंक से मिले नोट नकली नहीं होते हैं। मैंने उसी दिन बैंक से निकलवाए थे। मेरे घर पर करेंसी छापने की मशीन नहीं लगी है। अपना नकली नोट तू अक्लमंदी दिखा के मेरे मत्थे मढ़ना चाहता है।"

उस किसान ने भी अपने सगों की सौगंध खाई थी, गऊमाता की भी, मगर वहां भी पड़ोस के आ गए दुकानदारों ने लाला को सच्चा व ईमानदारी का धंधा करने वाला खरा आदमी बताया था। इस तथ्य से हड़का दिए जाने पर कि उसके पास नकली नोट है और नकली नोट का रखना लंबी सजा वाला जुर्म है, इस दूसरे किसान को भी वहां से चले जाना पड़ा था।

आजादी के तिरसठवें साल के बाद का वही तीसरा दिन था और था अपने समय, समाज और देश के चरित्र, आचरण व व्यवहार को जानने का आधार बना वही छोटा सा क्षेत्र। पीछे की ओर दो-ढाई सौ घरों वाला रिहायशी इलाका इसी क्षेत्र का एक भाग था, उसी चौहद्दी में कायम।

घड़ी की सुई को और आगे बढ़ना था और बढ़ गई थी। संध्या के सात बजे थे। विधायक जी के ड्राइंगरूम में, जो कभी बैठक थी और जिसे टायल्स, कालीन, परदे और कई महान राष्ट्रीय नेताओं के खूबसूरत फ्रेम जड़े चित्रों व दो-तीन कीमती डेकोरेशन पीसेज से नई धज दी गई थी, सात-आठ आदमी कुर्सी या सोफे पर बैठे थे। विधायक जी कुछ स्पेस लिए कुशनदार उस कुर्सी पर बैठे थे जो मुलाकाती से ठीक मुखातिब होने की सुविधा जुटाने के लिए घूम जाती थी। विधायक जी मुलाकाती के काम बताने पर उससे यह जरूर कहते थे, "भैया जी, मैं पचास लाख रुपया खर्च कर जन-प्रतिनिधि इसीलिए बना हूं कि आप सबकी सेवा करूं। सेवा करना मेरा धर्म है।" ढाई साल पहले चुनाव जीतकर वह विधायक बने थे। राजनीति में देखे गए कई सपनों में से उनके लिए यह एक सपने का सच होना था।

वहां एक चिकने खल्वाट सिर वाले चीनी मिल के मालिक भी बैठे थे। जब मुलाकातियों में से कुछ चले गए, उन्होंने कहा कि वह यहां तैनात सहायक चीनी आयुक्त का तबादला चाहते हैं। सरकारी कोटे के निर्धारित बोरों में दो-ढाई किलो चीनी कम निकली थी। बाजार भाव से सरकारी भाव काफी दबा हुआ मिलता है। उसमें घटतोल न की जाए तो घाटा ही घाटा है। सरकारी अमला मगर इसे समझता नहीं है। उनके पिता जी उस समय मिल में थे। पिता जी ने मामला रफा-दफा करने की भरसक कोशिश की। सहायक आयुक्त उनसे बहुत गलत ढंग से पेश आया। बदजुबानी की। वह पहुंचे तो उनसे भी निहायत बदतमीजी बरती।

"यह मामला अखबार में आया था। सहायक आयुक्त वर्मा सुना है ईमानदार है। देखा गया है कि ईमानदार जबान का तेज होता है, स्वभाव से रूखा व खरखरा।" विधायक जी ने मिल मालिक की ओर घुमा ली गई अपनी क़ुर्सी पर अपने भारी जिस्म को फैला लिया।

"ईमानदारी का यह मतलब नहीं कि अनाप-शनाप बककर भले आदमी की इज्जत उतार ले।" अपनी कातर, आहत आंखें मिल मालिक ने विधायक जी की ओर कर दीं, "यह पता लगने पर कि सहायक आयुक्तों की नकेल

कसना मुख्य आयुक्त के हाथ में है, मैंने वहां कोशिश की थी। मुख्य आयुक्त भी कुछ इसी मिजाज का निकला।"

विधायक जी हंसे, मोटा-मोटा, "भैया मेरे, सरकार में पांच-दस परसेंट अधिकारी अच्छी छवि के होने ही चाहिए, मस्ट। सरकार की तभी अपनी छवि संभली रहेगी।"

"सहायक आयुक्त ने पिता जी और मेरी मिल के मुंशी और लेबरों के सामने बेइज्जती की है। हम खानदानी लोग हैं।"

मिल मालिक के साथ विधायक जी का एक करीबी आया था। कहा, "गोयल जी ने सहायक आयुक्त को बोल दिया है कि वह उसे दो महीने के अंदर ऐसी जगह लटका देंगे जहां वह पानी को तरसेगा। गोयल जी को अपने इस कहे को पूरा कर दिखाना है।"

"समझ गया। गोयल जी की यह भीष्म प्रतिज्ञा है। इसकी पत गोयल जी को रखनी है," विधायक जी फिर हंसे थे, वैसा ही मोटा-मोटा, "ट्रांसफर का यह काम अब मंत्री लेवल पर ही मुमकिन है। मंत्री अपना ही आदमी है, अपनी पार्टी का। उसका पेट बड़ा है। पर उसकी भी मजबूरी है। अब मेरा चुनाव में पचास लाख खर्च हुआ है तो उसका इससे भी ज्यादा हुआ होगा। फिर मंत्री बनने की जुगाड़ में भी खर्चा किया होगा।"

"आप यह काम मेहरबानी कर करा ही दीजिए। मेरी इज्जत का सवाल है," मिल मालिक का स्वर चिरौरी से लथड़ गया था।

विधायक जी ने दोनों हाथ जोड़ दिए, "आप लोगों की सेवा करने के लिए ही जन-प्रतिनिधि बना हूं।"

पिछले छह महीनों में विधायक जी ने दो अपहरण के मामलों में अपनी सेवाएं अर्पित की थीं। एक में डॉक्टर का अपहरण किया गया था और दूसरे में रीयल इस्टेट का धंधा करने वाले के दस वर्षीय बेटे का। डॉक्टर वाले मामले में डॉक्टर का केमिस्ट भाई उनके पास आया था और लड़के के मामले में उसका पिता व चाचा। सहायता के लिए आए त्रस्त, ध्वस्त व्यक्तियों से अपहरण की पूरी कहानी सुनकर उन्होंने कहा था कि पिछले कुछ वर्षों से अपहरण एक कमाऊ पेशा बन गया है जो छोटे-बड़े शहर, सभी जगह तेजी से पसर रहा है। इसका मुख्य कारण बढ़ती हुई बेरोजगारी है। फिर यह भी कहा कि पुलिस में घटना की रपट लिखाने के बाद वे पुलिस पर निर्भर न रहकर अलग से अपने प्रयास कर रहे हैं जो ज्यादा सही है। अपहरण के मामले बहुत

नाजुक होते हैं, तुरत-फुरत निपटारा चाहते हैं। विलंब में अपहृतों की सकुशल वापसी के चांस धूमिल हो जाते हैं। छुटौती की अपहरणकर्ताओं द्वारा मांगी गई राशि के बारे में जानकर कहा कि वे संबंधित व्यक्ति की माली हैसियत से बखूबी परिचित होते हैं। सौदेबाजी में परले दर्जे के उस्ताद भी। घटाते-घटाते रकम फिर भी हाथी जितनी बड़ी रखेंगे।

"जान है तो जहान है। आपकी अति कृपा होगी, आप कैसे न कैसे छुड़वा ही दीजिए।" आए व्यक्तियों की ओर से ऐसी गुहार होने पर उन्होंने चुनाव में पचास लाख की रकम खर्च कर जनप्रतिनिधि बन जनता की सेवा करने वाली वही बात चुआ दी थी। चुआने के बाद वह दो मिनट तक आंख बंद कर कुछ सोचने लगे थे। फिर बोले थे, "राजनीति में हूं तो तरह-तरह के लोग संपर्क में आते रहते हैं। दो-चार इनमें ऐसे हैं जो इन गिरोहों के बारे में जानकारी रखते हैं। बुलाकर बात करूंगा। किसी के प्राण बचाना धर्मस्थान स्थापित करना जैसा अति पुण्य कार्य है।"

फिर विधायक जी ने संबंधित व्यक्तियों को बिचौलियों के जिम्मे कर दिया था। अपहृत मुक्त हो गए थे।

विधायक जी ने गत वर्ष दक्षिण के एक प्राइवेट मेडिकल कॉलेज में डोनेशन की तगड़ी राशि देकर अपने बड़े बेटे का दाखिला कराया था। इस वर्ष छोटे बेटे का इंजीनियरिंग में उसी तरह।

आजादी के तिरसठवें साल का वही तीसरा दिन था। बार-बार समय की इस विशेष अवधि को बताना दरअसल उसको देश के सभी जागरूक और संभावित जागरूक जनों के सामने खड़ा करना है, यह पूछे जाने के वास्ते कि वह अपने से जुड़ी तमाम आकांक्षाओं, अपेक्षाओं पर खरा क्यों नहीं उतरा है और जो हालात हैं वे क्यों हैं और उनका जिम्मेदार कौन है? चार-छह लेन वाली सड़कों व चौड़े प्रशस्त राष्ट्रीय मार्गों का निर्माण, शहरों में बारह-बारह, चौदह-चौदह मंजिला इमारतों और स्काई-स्कंपरों का खड़ा होना, माल, मल्टीप्लक्सों का यहां-वहां धड़ाधड़ खुलना, मोबाइल, कंप्यूटर, इंटरनेट के सूचना तंत्र के सघन आल-जाल का फैलाव, परमाणु-शक्ति का दर्जा प्राप्त कर लेना या अंतरिक्ष में चंद्रयान प्रक्षेपित कर सकना क्या विकास की यही कसौटी है, सही और अपने में मुकम्मिल? विकास के अंतर्गत क्या यह नहीं आता है कि अपने बीच का अंतिम व्यक्ति तक समता, समरसता, सुरक्षा और गरिमामय

जीवन का अहसास महसूस करे या क्या यह नहीं है कि धन, सत्ता और अधिकार से जुड़े व्यक्ति आंतरिक परिशुद्धता, उन्नयनता की ओर अग्रसर हों, वे आचरण और व्यवहार में अधिक से अधिक सभ्य, शालीन और नैतिक साबित हों? अपराध क्या है और क्या नहीं? आधुनिकता और संस्कारिकता में स्वस्थ संबंध क्यों नहीं पनपे हैं? ईश्वर यदि है तो इस समय अवधि ने उसे और उसके सगोत्र धर्म तथा संस्कृति को क्यों नहीं सही-सही व्याख्यायित किया और ये क्यों कुछ के लिए तो प्रहारक हथियार बन जाते हैं और कुछ के लिए लचर ढाल? सवाल बहुत से हैं, अनेक तीखे व सटीक, और उनका पूछा जाना हुए और होते जा रहे इस तमाम गलत के प्रति प्रतिरोध है।

वह चौराहा उसी छोटे से क्षेत्र का एक और हिस्सा था। उसके दो बाजू तहसील व सर्राफा बाजार को जोड़ते थे और दो बाजू रिहायशी आबादी व कपड़ा, हौजरी, किराना, जैसे दीगर सामान के स्थानीय बाजार को। रात्रि आठ बजे के आसपास जब दुकानें बंद हो चुकी होती हैं या बंद होने के अनकरीब, चौराहे से सटे पूर्व वाले बाजू के कुछ चौड़े खुले भाग में तरह-तरह की मिठाई से सजे हुए दो हथठेले खड़े हो जाते थे। तीन-चार चाट के खोमचे भी। आसपास के ठिकानों से जवान लड़कियां या बहुएं घर की चारदीवारी से निकलने का मौजूं वक्त मानकर इधर आ जाती थीं, कुछ टहलती हुई पैदल तो कुछ अपने भाइयों या पतियों की बाइकों पर लदकर। जिनको गोल-गप्पे पसंद थे वे गोल-गप्पे खातीं या खाते थे, जिनको आलू की टिक्की या दही बड़े या चटनीदार खस्ता पसंद थे वे उनको। बीते कल या परसों चाट खा चुके मिठाई के ठेलों की ओर बढ़ जाते थे और मोहनभोग, स्पंजी रसगुल्ला, केसरिया रबड़ी या किसी अन्य प्रकार को चुन लेते थे। कोई-कोई अधेड़ या बूढ़ा मर्द, जिस पर अपने किसी रोग के कारण घर पर परहेज का अंकुश रहता था, यहां खिसक आकर जीभ के चटोरेपन को शांत कर जाता था। वे लोग भी, जो आर्थिक तंगी या स्व को तरजीह देने वाली प्रकृति के कारण उन विशेष पदार्थों को परिवार के बीच नहीं ले जाना चाहते थे, वहीं निपट लेते थे।

वहां कुछ लोग यों ही इजी ड्रेस में चहलकदमी करते हुए बंद हुई दुकानों की चबूतरियों, फसीलों पर बैठ जाते थे और मिल गए साथियों के साथ बतियाते-गप्पियाते थे।

वहां नौ, साढ़े नौ तक रौनक रहती थी।

वह पागल इस समय भी वहां मौजूद था और इस-उस के आगे हाथ फैला

रहा था। कुछ पा जाने पर वैसे ही हंस देता था जैसे हंसता था और न पा जाने पर भी। हंसी उसके चेहरे का कान, आंख, नाक और अंगुल पर उगी स्याह-सफेद दाढ़ी की भांति एक घटक थी, पहचान की।

वहां तीन-चार कुत्ते भी प्रकट होकर डोल रहे थे, दो शायद तहसील वाले ही थे।

वहां बड़ी-बड़ी चमकदार आंखों वाला आठ-दस साल का एक लड़का भी आ गया था। उसकी उपस्थिति वहां इस समय संभवतः पहली बार थी। वह कंधे पर फटी कमीज और नेकर पहने था। नेकर घुटनों तक लंबी थी। उसने बांस की एक खपच्ची खोज ली थी और उससे कुत्तों को खदेड़ना शुरू कर दिया था। कुत्ते कुछ दूर हटकर जब उसकी ओर भौं-भौं करने लगते थे तब वह भी झुकता हुआ गर्दन लंबी कर उसी तरह भौं-भौं निकालने लगता था। कुत्ते मौका तलाश कर फिर बढ़ आते थे और वह उनको खदेड़कर वैसे ही प्रत्युत्तर में फिर भौं-भौं निकालने लगता था।

पागल ने लड़के के पास आकर हाथ फैला दिया। लड़कै ने नेकर की जेब में से झूठ-झूठ का कुछ निकालकर हाथ पर रख दिया। पागल हंस दिया। लड़का भी हंस दिया।

लड़का चक्कर काटता हुआ कभी चाट के इस-उस खोमचे के पास मामूली सा फासला बनाता हुआ खड़ा हो जाता था और कभी मिठाई के ठेले के पास यों ही खड़ा होते हुए भी न खड़ा होने की मुद्रा में।

रौनक फीकी हुई थी लेकिन ज्यादा नहीं। खोमचों, ठेलों के पास पहले जितने ग्राहक नहीं थे, फिर भी थे। चौराहे के बाजुओं की बंद हुई दुकानों की चबूतरियों, फसीलों से यदि कुछ अड्डेबाज उठ गए थे तो कुछ फिर भी बैठे हुए साथ-संगत दे रहे थे।

वह लड़का दाईं पटरी पर खड़े मिठाई के ठेले से दो कदम हटकर खड़ा हो गया। एक कुत्ता नाली के रास्ते दुबकता हुआ बढ़ आया। लड़के ने निगाह पड़ते ही उसके इतनी जोर से खपच्ची जमाई कि वह किंकियाता हुआ भागता चला गया। पागल के उधर बढ़ आने पर उसने उसे भी खदेड़ दिया, "भाग बे साले, कहीं और जाके मर। बिक्री खराब मत कर।"

ठेलेवाला एक ग्राहक के दिए गए बड़े नोट को आंखों के सामने लाकर परखने लगा था। ग्राहक उसके परखने के तरीके को मुस्कराता हुआ ताक रहा था। लड़के ने एकदम झपाटे से खुली ट्रे में रखी मिठाई दोनों हाथ में भरी और

सरपट भागने लगा।

ठेलेवाला अकबकाया हुआ चिल्लाया, "मिठाई उठा ले गया–उठा ले गया। पकड़ो-पकड़ो उस साले को। गर्दन मरोड़ दूंगा।"

दो-तीन आदमी माजरा समझकर उधर दौड़े। लड़का बाएं फूटने वाली एक गंदी संकरी गली में धंस गया।

लोग टीका-टिप्पणी, प्रतिक्रिया करने लगे, "जरा सी उम्र है लेकिन है एकदम शातिर बदमाश–अभी से यह हरकत है तो आगे चलकर डकैत बनेगा, डकैत–जरूर इस हरामी का बाप भी चोर-उचक्का होगा। घर से ही सीखे-गुने होते हैं ये–ससुरे ने बड़ी चालाकी से हाथ साफ किया–छोटी उम्र में ऐसे लड़के सब कुछ सीखे-मंजे हुए होते हैं। मौका पाके लड़की पर चढ़कर बच्चा भी निकाल देंगे।"

वहां चंद मिनट के अंदर एक सिपाही उपस्थित हुआ। उसकी ड्यूटी उस चौराहे पर नहीं थी। कोतवाली के गेट पर थी, लेकिन यह उधर कुछ मुफ्त का खट्टा-मीठा खाने की नीयत से बढ़ आया था। चौराहों पर भीड़ की पाबंदी है। कुछ उल्टा-सीधा घट जाने पर सरकार की फजीहत की जाती है। खोमचे, ठेले लगाने का उनके पास लाइसेंस नहीं है। ऐसी उक्तियों से वह पांचवें-छठे दिन अपनी इस नीयत को भुना लेता था। यह सिपाही तहसील वाला नहीं था। वर्दी, लाठी में जरूर वैसा ही दीखता था।

मिठाई चुरा ले जाने का तज़किरा सुनकर बोला, "मैं नहीं हुआ वरना इस नए सुलताना को पकड़कर पहले तो हाथ-पैर तोड़ता, फिर लॉकअप में सड़ाता।"

वह गंदी संकरी गली कुछ दूर जाकर बंद हो जाती थी। लड़का पंद्रह-बीस मिनट बाद दुबकता हुआ वहां से निकला। सड़क पर भागते-भागते उसने गली में धंसकर फौरी पनाह ली थी। सड़क पर आकर उसे आगे अपने आश्रय-ठिकाने की ओर फिर भागना था। सिपाही की निगाह उधर ही घूमी हुई थी। मिठाई वाले से उसने हुमकते हुए पूछा, "क्या वही हरामी है–वो?" "हां वही है, वही हरामी।" सुनकर सिपाही ललकारता हुआ उसकी ओर दौड़ा। लड़का आगे-आगे डरा, घबराया हुआ भाग रहा था और पीछे-पीछे लाठी फटकारता सिपाही। खरगोश शिकारी कुत्ते की गिरफ्त से बचने के लिए जी-जीन से कोशिश कर रहा था।

लड़का सामने से आ रही मार्शल गाड़ी से टकरा गया। गाड़ी लड़के पर से

पूरी उतर जाने के बाद ही रुकी। लड़के की गर्दन लंबी हो गई थी। आंखें बड़ी और चमकीली नहीं रही थीं। फैले फटे मुंह से खून बह रहा था। पैरों से चप्पलें बाहर हो चुकी थीं। एक ओर छिटकी हुई दो गुझियां भी पड़ी थीं। लड़के ने शायद थोड़ी मिठाई अपनी बहन या मां के वास्ते बचा रखी थी।

मार्शल गाड़ी विधायक जी चला रहे थे। बगल की सीट पर पार्टी की एक महत्त्वाकांक्षी युवा कार्यकर्ता बैठी थी। विधायक जी गाड़ी से नीचे उतर आए। पूरा किस्सा जानकर शराब से महकते स्वर में बोले, "मुझे बहुत दुःख होता, बहुत ही तकलीफ, मगर अब उतनी नहीं है।" फिर सिपाही से बोले कि वह उनकी गाड़ी का नंबर नोट करना चाहे नोट कर ले।

"सरकार, आप जाइए। गलती आपकी नहीं है। चोर था, अंधा होकर भाग रहा था। सजा पा गया।"

वहां एक चबूतरिया पर बैठे दो युवक भी घटनास्थल पर आ गए थे। उनमें से एक जो बरमूडा और बनियान पहने था और जिसने गर्दन व बगलों पर टेलकम पाउडर छिड़क रखा था, तहसील में बैठने वाले वकील का बेटा था और स्वयं भी वकील बनने के लिए कानून की पढ़ाई कर रहा था। सफेद कुर्ते-पाजामे में जो चिकने गोल चेहरे वाला दूसरा युवक था, वह पांच सौ का असली नोट देने का दावा करने वाले सर्राफ का छोटा भाई था और शेयर दलाली में पैर जमा रहा था। लाश के पास से हटते हुए पहले वाले युवक ने कहा, "इसे नेचुरल जस्टिस कहा जाएगा, ईश्वरीय न्याय।" चूंकि कुशल व दक्ष वकील के लिए एकदम सही मौजूं शब्दों का प्रयोग करना आवश्यक है, उसने ईश्वरीय न्याय को तुरंत दैवीन्याय कर दिया था।

वे दोनों अपने-अपने मकान की ओर मुड़ गए थे। एक को टीवी पर माइकल जैक्सन का स्पेशल प्रोग्राम देखना था और दूसरे को रियेलटी शो।

'नया ज्ञानोदय', दिसंबर, 2009

हार-जीत

यह हार-जीत अखाड़े में दो पहलवानों के बीच कुश्ती की नहीं है, न रिंग में उतरे दो मुक्केबाजों के बीच की, न जुए में दांव लगाने वालों की, न सट्टे या शेयर बाजार में सौदा करने वालों की या फिर किसी चुनाव को लेकर ही। मतलब है कि यह मोटा-मोटी अर्थ वाली न होकर महीन-अर्थी है। इस प्रकृति की भी जय-पराजय पचासों किस्म की होती हैं, तौर-तरीके, रंग-शेड्स अपना-अपना धारण किए हुए। यहां बयान की जा रही हार-जीत वैसी ही एक है।

वह शहर न बहुत छोटा था, न बहुत बड़ा। उस शहर के एक मोहल्ले में वह एक मकान था। कभी मकान में एक बड़ा सा आंगन था, जिसमें मीठे पानी का कुआं था। जिस मकान को खुला हुआ व हवादार कहा जाता है, वैसा वह था। वहां अंदर अब कई तामीरें खड़ी हो जाने से उसका खुलापन लगभग चुक गया था। वहां रहने वाले लगभग सभी वयस्क जन धर्म-नेम, पूजा-पाठ, देवी-देवताओं व लोक धारणाओं पर आस्था-विश्वास रखने वाले थे। यों वे टी. वी. पर नाच-गाने, इश्क-मोहब्बत, मारधाड़ की फिल्में व फूहड़-भदेस मजाक की फुलझड़ियों वाले प्रोग्राम देखने का लुत्फ भी उठाते थे और आधुनिकता की चमक-दमक, लटके-झटकों को भी अपनाते थे। परंपरा, पुरातन, अधुना, फैशन से बनी यदि इसको कोई मसखरा सांस्कृतिक दालमोठ की संज्ञा देता है तो गलत नहीं है।

दिन के दस बज चुके थे। एक बूढ़ी दुर्बल काया वाली औरत तंग-सिमटे बरामदे में पड़े तख्त पर निश्चेष्ट पड़ी थी। उसकी निश्चेष्टता टूटी थी। उसने आंखें खोली थीं। कुछ देर बरामदे की छत को देखती रही थी। फिर गरदन कमरे की जानिब घुमा ली थी। कराहती-घिसटती आवाज निकाली थी। आवाज में छोटी बहू का नाम था। ठहरकर की गई अगली आवाज में दूसरी बहू का। छोटी बहू आ गई थी। पूछा, "अम्मा, चाय पिओगी?"

बूढ़ी का असली नाम रामप्यारी था। अरसा हुआ वह बेदखल हो गया था

और अम्मा या दादी ने उसकी जगह ले ली थी। अम्मा ने हां के लिए सिर को जुंबिश दी, पर इसी के साथ कुल्ला-मंजन करा देने का भी इशारा किया।

"मंजन-कुल्ला सब हो चुका है।"

डेढ़-दो घंटे पहले जब वह बूढ़ी सचेष्ट हुई थी, तब उसके बिस्तर पर बिछी रेक्सिन को गीला पाकर उसे हटाकर दूसरी रेक्सिन बिछा दी गई थी। बूढ़ी का गीला पेटीकोट भी, सिर्फ जो उसके निचले धड़ पर था, उसको भी बदल दिया गया था। मुंह भी गीले कपड़े से पोंछ दिया गया था। उस वक्त जब तक चाय लाई जाए, बूढ़ी निश्चेष्ट हो चुकी थी।

बहू ने तकिया का सहारा देते हुए बूढ़ी को अधबैठा कर दिया। चाय को कटोरी में डालकर मुंह से लगा दिया। बूढ़ी ने छोटे-छोटे दो घूंट पीकर कटोरी अलग कर दी।

"अम्मा, थोड़ी सी और ले लो। पेट में थोड़ा-थोड़ा कुछ पहुंचना चाहिए।"

बूढ़ी ने दो घूंट और लेकर कटोरी ठेल दी-"बस, अब नहीं।"

"तबीयत कैसी है?"

बूढ़ी ने हाथ हिला दिया...पता नहीं। फिर दोनों हाथ ऊपर कर जोड़ दिए-"भगवान का आसरा है। वही सुध लेगा।"

दोपहर को मझली बहू आहट ले गई थी। बूढ़ी के आंख खोलने पर पूछा, "अम्मा, दाल ले आऊं?"

बूढ़ी के मूंडी हिला देने पर कहा, "मूंग की दाल बनाई है, हींग-जीरे की बघार वाली, गाढ़ी नहीं, पतली है। थोड़ी सी ले लो। पेट में पड़ने से कमजोरी दूर होगी।"

मझली बहू दाल ले आई। बाएं हाथ से गरदन उठाकर दाएं से चम्मच के सहारे दाल खिलाने लगी। पांच-सात चम्मच के बाद मना किए जाने पर दो-तीन चम्मच गले में और उतार दी। फिर वैसे ही गरदन उठाकर थोड़ा सा पानी पिला दिया। जल्दी ही गले से पानी के साथ दाल बाहर आ गई। मझली ने बिस्तर के कोने में दबी छोटी तौलिया से उगाल को साफ कर दिया। वैसा करते हुए चेहरे पर कई गहरी शिकन खिंच गईं।

बूढ़ी फिर अचेतावस्था में चली गई।

बूढ़ी के पति रामकिशन धवन बिजली विभाग में स्टोर सहायक थे। सेवानिवृत्ति के तीसरे वर्ष उनकी सड़क दुर्घटना में मृत्यु हो गई थी। जीवित संतानों में उनके तीन पुत्र थे व एक पुत्री। बड़ा बेटा रेडीमेड गारमेंट्स का काम करता था। मझला गैस एजेंसी में मैनेजर था। छोटा कोऑपरेटिव बैंक में

कैशियर था। बेटी विवाह के बाद अपने घर-बार की हो गई थी। बूढ़ी का एक जून का खाना बड़े बेटे के जिम्मे था और एक का मझले बेटे के जिम्मे। दूध, चाय, नाश्ता छोटे बेटे के हिस्से में था। बूढ़ी को अपने पति की नौकरी से संबंधित चार अंकों की सामान्य राशि की पारिवारिक पेंशन मिलती थी। इस पेंशन का हिसाब-किताब बैंक वाला छोटा बेटा रखता था। पेंशन की राशि में से सामूहिक प्रकृति के छोटे-बड़े खर्चे उठाए जाते थे, जैसे पानी की परेशानी दूर होने के लिए हैंडपंप की जगह मिनी जेट लगना जरूरी है, पूरे मकान की रंगाई-पुताई अब हो ही जानी चाहिए, सदर दरवाजा कमजोर है इसलिए चैनल लगना जरूरी हो गया है आदि-आदि। बेटे मां को समझाते थे और वह राजी हो जाती थी। इसी राशि में से मकान का टैक्स जाता था या मां-बाप के करीबी रिश्ते से जुड़े शादी-विवाह में नेग-सगुन की व्यवहारी निबटाई जाती थी। बूढ़ी के कपड़े-लत्ते व निजी जरूरतों की व्यवस्था भी इसी में से होती थी। उसकी हारी-बीमारी की दवा-दारू भी इन्हीं पैसों से की जाती थी।

बूढ़ी एक सप्ताह पहले नर्सिंग होम में थी। दो दिन पहले शाम को उसे चक्कर आया था। वह बेहोशी में चली गई थी। उसकी नब्ज में हरकत थी, सांस आ-जा रही थी, चम्मच से मुंह में पानी डाला जाता था, जो उतर जाता था। लगाई गई पुकार लेकिन बेअसर रहती थी। अगले दिन डॉ. प्रकाश को बुलाया गया। प्रकाश इस पेशे में दो दशक से थे। खानदान के वंशवृक्ष की कोई शाखा डॉक्टर और बूढ़ी के पति को कहीं जोड़ती थी। वह वहां फीस नहीं लेते थे। उन्होंने परीक्षण कर इंजेक्शन लगाया और राय दी कि बूढ़ी को नर्सिंग होम में भरती कराया जाए। भरती कराने से पहले उसका सीटी स्कैन भी होना जरूरी बताया। पड़े दौरे का असर, उनको शक है, ब्रेन पर हुआ है। उस नर्सिंग होम में, जहां भरती अपने दूसरी मरीजों के इलाज के सिलसिले में वे सुबह-शाम जाते ही हैं, अम्मा जी की भी निगरानी हो जाएगी।

डॉक्टर के जाने के बाद वहां अधेड़ावस्था को पार कर चुका औसत कद और गुदाज जिस्म का गोल चेहराधारी एक और शख्स आ गया। नाम था सत्यनारायण किंतु सत्तू भैया कहकर जाना जाता था। सत्तू भैया का वहां के बड़े बेटे से काफी राव-रस्म था। उस नाते घर के अन्य सदस्यों से भी। वह भारतीय संस्कृति तथा उससे जुड़े कर्मकांडों व मान्यताओं की महत्ता के प्रेमी थे। अपने सर्राफा के मध्यम श्रेणी काम से वह संतुष्ट थे, जिसको संभालने में उनका बेटा समझदार था। खबर पाकर कि अम्मा की तबीयत बिगड़ी हुई है, वह देखने आए थे। उन्होंने अम्मा की नब्ज देखी, पलकें लौटाकर आंखों में

झांका, फिर अपनी हथेली नाक के पास ले गए। कहा, "सांस गरम नहीं है, ठंडापन है। पुतलियों की चमक भी फीकी हो रही है। ये सब लक्षण अम्मा का अंतकाल बता रहे हैं।"

बड़ी बहू ने डॉक्टर भैया के आने और अम्मा को मॉडर्न नर्सिंग होम में भरती कराने की सलाह की बात बताई।

"डॉक्टरों की चलती तो कोई नहीं मरता। सब सौ, दो सौ साल जीते। आपके डॉक्टर भैया की राय से सत्तू भैया इत्तफाक नहीं रखता है। ...अम्मा की सेवा का पुन्न कमाने का अब बहुत थोड़ा समय बचा है। घर पर रखकर सेवा कर लो।"

एक तो प्रकाश घर के डॉक्टर थे। दूसरे, पिछले तीन-चार सालों में अम्मा की दो बार लगभग ऐसी ही हालत हो गई थी और दोनों ही बार नर्सिंग होम से अम्मा चंगी होकर वापस आ गई थी। इसलिए बूढ़ी को फिर भरती करा दिया गया। भरती कराने पर जोर बहन व बहनोई ने भी दिया था, जो खबर मिलने पर बूढ़ी को देखने पास के जिले से आए थे और अपनी व्यस्तता के कारण जिनको लौटना था।

बूढ़ी के इंजेक्शन लगे, उसे ग्लूकोज की बोतलें चढ़ाई गईं, ऑक्सीजन का भी सहारा दिया गया। सुबह बूढ़ी ने आंखें खोल दीं। शाम तक हालत में और सुधार हुआ। अगले दिन वह चेहरे पहचानने लगी। बोलने लगी। उसने जूस पिया। एक कप दूध भी ग्रहण कर लिया। रात दस बजे सत्तू भैया नर्सिंग होम पहुंचे। उस दिन प्रदोष संबंधी व्रत, उपवास, पूजन के कारण, जिनको वह विधि-विधान से करते थे, उनको निचुक होने में विलंब लगा था। वहां मझला बेटा व बड़े बेटे की पत्नी रात्रि ड्यूटी के वास्ते रुके हुए थे। यह बताए जाने पर कि अम्मा की हालत में काफी सुधार है, सत्तू भैया बोले थे कि दीया बुझने से पहले भभकता है। तुरंत बाद यह भी बोले थे, "ऑक्सीजन ड्रिप की मदद से सांस को रोके रहना मरीज का बच जाना नहीं होता है। जड़ छोड़ चुके पेड़ को टेक लगाकर गिरने से भला कोई कब तक रोक सकता है? मैं तो अपने कहे पर अब भी कायम हूं, अम्मा का अंतकाल आ गया है।"

अपने कथन को संपुष्ट करने के लिए उन्होंने उदाहरण दिया कि पिछले माह रामकिशन कपूर को दूसरा हार्ट अटैक पड़ा था। उन्होंने उनके साहबजादे से कहा कि वह अब अपने पापा से माया-मोह त्यागे। साहबजादा कपूर साहब को एंबुलेंस में डालकर लखनऊ के संजय गांधी मेडिकल कॉलेज ले गया। रास्ते में ही कपूर साहब के प्राण छोड़ देने से बैरंग वापस आना पड़ा। एक और

उदाहरण बतौर साक्ष्य पेश किया। गोपी ताऊ की नाक टेढ़ी हो गई थी। उन्होंने भविष्यवाणी कर दी थी कि ताऊ की जिंदगी ज्यादा से ज्यादा छह माह की बची है, ताऊ की कुंडली के ग्रह भी ऐसा बांच रहे हैं। चौथे माह ही ताऊ इस दुनिया से कूच कर गए।

सत्तू भैया के साथ मोटरसाइकिल पर लदकर बंसी लाला भी आए थे, वह भी सर्राफे का धंधा करते थे और उनके गंठजोड़ मित्र थे। उन्होंने भी प्रमाणस्वरूप सत्तू भैया के बोले गए कई सचों को आगे बढ़ाया, जिनमें से एक यह सच भी कि मरीज की सांसें ठंडी पाकर सत्तू भैया का उसका चौबीस घंटे का मेहमान होना बताना शामिल था। सत्तू भैया की बात मानकर फिर डॉक्टर के बुलाने को लाल झंडी दिखा दी गई थी।

नर्स यह कहने आई थी कि अभी तक ऑफिस में उन्होंने दो हजार रुपए जमा नहीं कराए हैं, करा दें। दिए जाने वाले इंजेक्शन और कैप्सूल कीमती हैं।

सत्तू भैया ने मझले बेटे के चेहरे पर आंख गड़ा दी, "अब तक आठ-दस हजार रुपए उड़ गए होंगे। सीटी स्कैन ही दो हजार खा गया होगा। अम्मा के यहां भरती रहने का मतलब है हर दिन सात-आठ सौ रुपए का डांड़।"

बड़े बेटे की पत्नी ने जानकारी दी कि बाहर बैठी एक औरत अपनी सास को बता रही थी कि डॉक्टरों के नर्सिंग होम और प्राइवेट अस्पताल तय होते हैं, वहां से उनको कमीशन मिलता है; खून की जांच, एक्स रे, पेट के अंदर की फोटो लेने वालों से भी कमीशन मिलता है। यह भी जानकारी दी कि कमरा नंबर नौ की औरत बता रही थी कि उसके लकवा लगे आदमी का इलाज अपने डॉ. प्रकाश की देखरेख में चल रहा है। डॉक्टर साहब सुबह-शाम जो दो बार देखते हैं आकर, उसके दो सौ रुपए बिल में चढ़ जाते हैं।

बड़े बेटे की शहर वाली साली भी रिश्ते के व्यवहार से वहां मौजूद थी। वह वहां से छिटकी और चंद मिनट के अंदर फिर आ जुड़ी, "मैंने ऑफिस में जाकर पता लगाया। डॉ. प्रकाश ने अम्मा के मामले में अपनी फीस से छूट के वास्ते बोल रखा है।"

सत्तू भैया के मुंह से हलके स्वर में शब्द बाहर आए, "इंग्लिश के दो लफ्ज हैं, अंडर दि टेबिल और विदाउट ब्लैक एंड व्हाइट। ऐसा खूब चलता है, इसलिए बोले जाते हैं।"

सत्तू भैया के साथी बंसी लाला ने मुस्कान टपकाई, "घोड़ा करेगा घास से दोस्ती तो खाएगा क्या?"

सत्तू भैया के दोबारा निकले शब्दों के स्वर में उभार था, "यह इक्कीसवीं

सदी है, लोग आज सीधी अंगुली से भी घी निकालने के गुर जानते है।"

ग्यारह बजे रात को मझले बेटे ने डॉ. प्रकाश को फोन किया, "अम्मा को डिस्चार्ज कराकर घर ले जाना चाहता हूं।"

"मेरी राय नहीं है," आवाज में बल पड़ा, "डॉक्टर मैं हूं, न कि आप हैं, न आपको वैसी राय-मशविरा देने वाले।"

अगली सुबह नर्सिंग होम के स्टाफ पर यह जोर देकर कि एक तो मरीजा की तबीयत काफी बेहतर है, दूसरे मरीजा घर जाने की जिद कर रही है, बेटे अम्मा को घर ले आए।

उस दिन बूढ़ी ने टी. वी. की ट्रॉली अपने तख्त के सामने खिंचवाकर संस्कार चैनल पर श्री रामकथा सुनी, चाय के साथ अंकल चिप्स मंगवाकर लिए, दलिया चाव से खाया। तीसरे पहर बड़ी बहू से बोली कि वह अब कविता को फोन कर कुछ दिनों के वास्ते घर बुला ले।

"कविता हमारे लिए मर गई है," बड़ी बहू के चेहरे पर तिरस्कार दौड़ आया। यह कसैला प्रसंग इस वक्त किसलिए।

कविता बूढ़ी की पोती थी। उसने मां-बाप, चाचा-चाची की नाराजगी की परवाह न कर कोर्ट में अरजी लगाकर अपने मनपसंद युवक से विवाह कर लिया था। इस विवाह से लहकी नाराजगी अपना ताव कुछ समय बाद खो देती यदि कविता ने अपनी जाति के बाहर किसी सवर्ण का वरण किया होता। उसने वरण किया था एक अवर्ण का, नाई के जाए का।

"गलत को सही सोचो तो फिर वो सही हो जाता है। कबता का दुल्हा बंगला-चपरासी वाला अफसर है।"

"सोने का चम्मच अगर गू में सना हो तो उससे खाया तो नहीं जाएगा?"

"बड़की, तू ये सिर से बोल रही है, हिये से नहीं," बूढ़ी कभी-कभी सूत्रों में बोल जाती थी, "ब्याह के तीन साल हो गए हैं। कबता के कोई बच्चा हुआ होगा।"

"अम्मा, कविता की बात बंद करो। मुझे कुछ नहीं मालूम।"

"मैं परभू से कहूंगी," परभू से मतलब प्रभुदयाल से था, यानी बड़े बेटे से।

अगले दिन दोपहर के बाद बूढ़ी की तबीयत में फिर गिरावट आने लगी। सुबह से ही उसने बेचैनी और कमजोरी की शिकायत की थी। पीली लिसलिसी उल्टी भी की थी। उसे छोटे-छोटे बेहोशी के दौरे भी शुरू हो गए थे।

सत्तू भैया के उस घर के माह में तीन-चार चक्कर लगते थे। बूढ़ी की बीमारी ने इनको लगभग रोज के बना दिए थे। सत्तू भैया ने बिगड़ रही हालत

देखकर फिर घोषणा की, "अम्मा का अंतकाल है। यह रोके से रुकता नहीं है।" सलाह दी पर आदेशनुमा, "पांच किस्म के अनाज, पांच किस्म के फल और एक किलो मिठाई मंगवाकर मनसवा दो। गौदान भी करवा दो। सांस रहते इसको कराना अधिक फलदायी होता है।" यह भी जानकारी दी कि समले अहीर इधर श्यामा गाय लाया है। उनका नाम बताने पर गाय लेकर चला आएगा।

जिस समय बूढ़ी से सामग्री मनसवाई जा रही थी और रास पकड़वाकर गौदान कराया जा रहा था, वह होश में थी। होश के बाद की बेहोशी से उबरने पर उसने सामने पड़ गई छोटी बहू से पूछा कि उससे मनसा-मनसी क्यों कराई गई? उसके सामने गऊ क्यों लाई गई? उसके क्या प्राण निकलने वाले हैं? पूछने में शामिल किया, "मैं अभी मरने वाली नहीं। मुझे कबता और उसका बच्चा देखना है। मुझे गप्पू की बहू की मुंहदिखाई करनी है।" गप्पू मझले बेटे का किशोरवय पुत्र था।

उस दिन जब-जब घंटे, आध घंटे बाद होश आया, बूढ़ी ने तब-तब ऐसा ही पूछा, कहा। इसको पकड़े रही।

अगले दिन बेहोशी लंबी और होशमंदी छोटी होने लगी थी। इस छोटी होशमंदी में भी बूढ़ी मनसा-मनसी कराने और गऊ दिखाने का कारण पूछती। कविता को देखने और गप्पू के विवाह की बात भी हेरफेर से कहती। शाम की होशमंदी में बूढ़ी ने बगल में आकर लेट गई काया को हटाने की गुहार की, "कम्मो है। इस पसर गई कम्मो चुड़ैल को हटाओ, हटाओ।"

कम्मो उस घर में दूर रिश्ते की बुआ थी। वैधव्य पश्चात् बेसहारा हो जाने पर वह यहां आ गई थी। बूढ़ी के अधिकारों में कतरब्योंत करने पर बूढ़ी खरी-खोटी सुना देती थी। सात वर्ष पहले कै-दस्त में कम्मो की मृत्यु हो गई थी।

छोटी, बड़ी दोनों बहुएं लमक आईं। छोटी ने बताया, "अम्मा, इधर का गद्दा लौट गया है। वहां कोई नहीं है।" उसने बूढ़ी का हाथ मुड़े हुए गद्दे से छुआ दिया।

"ये कम्मो मरी कोने में जाके खड़ी हो गई है।"

मझली ने बिजली का बटन गिराकर रोशनी कर दी, "अम्मा, वहां कोई नहीं है। भरम है आपका।"

बूढ़ी की होशमंदी गुम हो गई।

होशमंदी की यह लंबे समय वाली गुम की और अल्प समय की बहाली वाली स्थिति अगले दिन भी रही। डॉ. प्रकाश पास में ही एक मरीज को देखने आए थे। भद्रतावश वहां बढ़ आए। बूढ़ी का परीक्षण कर बोले, "अम्मा जी की

हालत पहले वाली हो गई है। आप लोगों ने घर लाने में जल्दबाजी की है। मरीज पूरी तरह सही पूरे इलाज से ही होता है।"

बड़ा बेटा घर पर मौजूद था। पूछा, "घर पर बोतलें नहीं चढ़ सकतीं?"

बड़े की औरत ने कहा, "डॉक्टर भैया, नर्सिंग होम में हम लोगों को भागादौड़ी करने में बड़ी परेशानी होती है। एक टांग यहां, एक टांग वहां। घर-गिरस्ती के बीसियों काम, बीसियों झंझट होते हैं।"

"गंभीर हालत वाले मरीजों का इलाज अस्पताल या नर्सिंग होम में ही होना चाहिए। वहां लाइफ सेविंग इक्विमेंट्स व ड्रग्स की व्यवस्था होती है। चौबीसों घंटे वक्त-जरूरत के लिए ट्रेंड स्टाफ रहता है।" आधा मिनट का वक्फा देकर, "यह मानकर चलो कि अबकी अम्मा को क़म से कम एक हफ्ता नर्सिंग होम में रखना है।"

इस बेटे ने एक दिन पहले टी. वी. पर साप्ताहिक राशिफल देखा था। उसकी राशि वालों को ज्योतिष गुरु ने बताया था, "इस सप्ताह में आपको बहुत सावधानी और समझदारी से काम लेना है। दी गई सलाह पर अमल करने से पहले खूब सोच-विचार करना है।"

शाम को सत्तू भैया आ गए थे। कहा, "अम्मा का बुलावा आ चुका है। ऊपर वाले की मरजी को बदला नहीं जा सकता है। ऊपर वाले के हुक्म का आदर करो।"

साथ आए बंसी लाला ने टांका लगाया, "सत्तू भैया मृत्युदेव की आहट सुन लेते हैं। इस विद्या में बहुत ज्ञानी हैं। अपने सत्तू भैया को सिद्धि प्राप्त है।"

सत्तू भैया का अगला गूढ़ अभिकथन था, "वकील अपने मुवक्किल के बेदम मुकदमे को लंबा खींचता है और डॉक्टर अपने बेदम मरीज को। क्यों? इस क्यों को बूझो।"

सत्तू भैया ने सलाह दी, "अब दवा, इंजेक्शन वगैरह कुछ नहीं। अम्मा के मुंह में दो-दो चम्मच गंगाजल या तुलसीदल पड़ा जल डालते रहो। सामने दीपक जलाकर रामायण का पाठ करो।"

दो दिन बूढ़ी क्षीण पड़ती जीवनडोर से जुड़ी रही। डोर को टूटना था। टूट गई।

'शुक्रवार' वार्षिकी, जनवरी, 2013

अविश्वास

आपको बताऊं, मुझे कतई शक-शुबहा नहीं था, एक नुक्ता भर भी नहीं। मैं पहले से जानता था कि भाई को सजा हो जाएगी। वह बच नहीं सकते। वही हुआ। सात साल के लिए बेचारे नप गए। जुर्माना अलग। यह भाई मुझसे चार साल बड़े हैं और गन्ना-विभाग में मुलाजिम थे। भाई ने काश्तकारों को किए गए भुगतान की रकम में से सचमुच गड़बड़ी की थी। एक मुद्दत से वह थोड़े-थोड़े रुपए निकालकर अपनी जरूरतों का मुंह भर रहे थे। भाई की पत्नी है, तीन बच्चे हैं और कुल उन्हें डेढ़ सौ रुपल्ली वेतन के मिलते थे। जरूरतें पचास थीं और इतने तंग वेतन से मुश्किल से पांच पूरी हो सकती थीं। भाई शायद इसके लिए विवश थे। भाई ने सोचा था कि दफ्तर के कागज खामोश रहेंगे। पर उनका यह सोचना गलत था। कुछ दिनों बाद कागजों ने गैर-दोस्ताना इशारे करना शुरू कर दिए। एक अफसर इन इशारों की भाषा समझ गया। फिर विस्तार से जांच हुई और सारा गोलमाल खुल जाने पर मुकदमा चलाना तय किया गया। भाई के साथ अदालत में दो शख्स और भी खड़े किए गए। भाई की बात को अगर सच माना जाए तो दफ्तर के करीब दस लोगों को और कठघरे में खड़े होना चाहिए था। खैर, वे दोनों शख्स भी भाई के मुकाबले काफी चालाक, चतुर और व्यवहार-कुशल थे। उन्होंने अपना-अपना अलग वकील किया था और शुरू से ही भागा-दौड़ी और यह-वह करते रहे थे। मुकदमे की पेशी के समय मैंने भाई के वकील से पूछा कि ऐसा नहीं हो सकता कि जज के पास हजार-पांच सौ की रकम...। भाई का वकील काफी बूढ़ा था। उसके सिर के बाल ही नहीं, मूंछ, भौंहें सब सफेद थीं। शायद दिमाग भी सफेद फफूंद खाया हुआ। वह अपनी ढलवां चौड़ी पेशानी पर अतिरिक्त सलवटें डालकर गुर्राता हुआ बोला कि मेरे होशोहवास तो दुरुस्त हैं। जज इतने सस्ते हो जाएं तो हर कोई इनको खरीद सकता है। फिर तो इंसाफ बदकार औरत की तरह

जिस-तिस के पहलू में बैठता फिरेगा। मैं चुप हो गया। पर तभी मैं समझ गया कि भाई की किस्मत में जेल की चक्की पीसना लिखा है। इसे कोई रोक नहीं सकता है। इसलिए फैसले के समय मुझे कोई अचरज नहीं हुआ, न कोई शॉक लगा। जज ने भाई के दोनों साथियों को शुबहा का फायदा देकर छोड़ दिया था और भाई को सिद्ध दोषी करार दे दिया था। पिता की, जैसा कि मैं सोचता था, सिट्टी-पिट्टी गुम हो गई थी। उन्होंने दोनों हाथों से सिर पकड़ लिया। अब क्या होगा? जज ने भाई के साथ भाई के बीवी-बच्चों को भी जेल क्यों नहीं भेज दिया? इन अभागों को किसके सहारे छोड़ा? पिता बदहवासी में बुदबुदाए कि वह पागल हो जाएंगे। पिता पर जब ज्यादा परेशानी पड़ती है तो वह यही जुमला कहते हैं। ...वह बूढ़ा वकील फैसला पढ़कर चेहरे को ठस बनाए, और अपने को घसीटता हुआ-सा हम लोगों के पास आया और बताया कि भाई के खिलाफ शहादतों का हुजूम था और सबसे बड़ी बात यह थी कि कागजों की सारी लिखा-पढ़ी भाई ने अपने हाथ से की थी। भाई के दोनों साथियों के विरुद्ध केवल स्थितियां थीं और कोई प्रत्यक्ष प्रमाण न था। फिर उसने कुछ ठहरकर कहा कि भाई की ओर से उच्च न्यायालय में अपील दायर कर दी जाए। सरेदस्त फायदा यह होगा कि भाई की जमानत हो जाएगी। ...वह वकील इसके अलावा और क्या कह सकता था? उसके पास कहने के लिए, बस यही दो-चार जुमले हो सकते थे, जिनका मलहम शायद वह मुवक्किल के ऐसे हर किसी रिश्तेदार के जख्म पर चुपड़ता होगा।

दस दिन बाद भाई जमानत पर छूटकर आ गए। मैं जब घर में घुसा तो देखा कि भाई से मिलकर पिता रो रहे हैं, मां रो रही है, बहन रो रही है, भाभी रो रही हैं और बच्चे चौंक-चौंककर रो रहे हैं। भाई की शक्ल दरिया में डूबते हुए निकाले गए आदमी जैसी थी। इस रोने से ऐसा लग रहा था कि जैसे वह कोई ताजा गमी का घर हो और आसपास कोई जवान लाश रखी हो। आप सोचते होंगे कि फिर मैं भी रोने लगा होऊंगा। मैं प्रत्युत्तर में आपसे पूछूं कि दूसरों को रोते देखकर क्या आपकी आंखों से आंसू ढल-ढलकर बहने लगते हैं? मुझे उन लोगों पर ताज्जुब होता है जो हर मौके पर रोना लाजिमी समझते हैं और हर मुसीबत का बचाव रोने में पाते हैं। ये रोने वाले उन गिलगिले-लिजलिजे कीड़ों जैसे होते हैं जिनको जरा सा दबाया और गीलापन छोड़ने लगे। मैंने किया यह कि वहां से हटकर दरवाजे के बाहर खड़ा हो गया और सिगरेट पीने लगा। भाई अब क्या करेंगे? शायद वह जमानत की अवधि भर कॉपी-किताबों

की कोई छोटी-मामूली दुकान खोलें, जैसा पिता सोच रहे हैं, या वैसा कोई और धंधा करें। पिता कहते हैं कि उनकी परेशानी बेहद बढ़ गई है। ...

पिता की परेशानी मुझको लेकर भी बढ़ी हुई है। मैं छब्बीस साल का हो गया हूं। छब्बीस की उम्र तो मेरी सर्टिफिकेट के हिसाब से है। असली उम्र डेढ़-दो साल और ज्यादा होगी। मैंने सन् 60 में बी. ए. किया था और तब से अब तक बेकार हूं। बीच-बीच में मेरा दो-एक महीने के लिए किसी सरकारी, अर्द्ध-सरकारी दफ्तर या स्कूल कारखाने में काम करना, या दो-एक ट्यूशन पढ़ाना पिता की ही निगाह में क्यों किसी भी अनुभवी समझदार की निगाह में समस्या का सही हल नहीं हो सकता है। वह तो यों है कि किसी मरभुखे के आगे गाहे-बगाहे एक-दो निवाले फेंक दिए। पिता चाहते हैं कि मुझे कोई स्थायी नौकरी मिल जाए ताकि मेरे जीवन में सुख-चैन और नियमितता की सुरक्षा हो सके। वैसे पिता का अपना स्वार्थ भी है। मैं दो-ढाई सौ की बंधी हुई रकम लाने लगूं तो वह भी उसमें भागीदार बनें और पिता होने के सुख को थोड़ा-बहुत अनुभव करें। पर क्या ऐसा होगा? ऊं-हूं, नहीं। मैं अब तक सौ से तो न कम लिखित परीक्षाओं और इंटरव्यू में बैठा हूंगा। लकड़ी के टुकड़े में कील रखकर कोई हथौड़े से चोट करे और वह खप से अंदर धंस जाए, वैसे ही मुझमें यह धारणा गहरे धंस गई है कि नौकरी में चुने जाने के लिए सिफारिश, पहुंच या जोर-दबाव होना अनिवार्य है या फिर किसी मोटी रकम की पुड़िया। पिता की सामर्थ्य से ये सब बाहर है, इसलिए मैं कभी चुना नहीं जा सकता। ...जो बीच-बीच में किसी के छुट्टी जाने या कार्याधिक्य पर अल्पकालीन नौकरियां मैंने की हैं वे भी इसलिए मिल गईं कि पिता की वहां पहुंच हो गई। इसके आगे के लिए वह पूर्णतया असहाय हैं। इसलिए इस ओर अब मुझमें कोई उत्साह नहीं है। मैं परिणाम जानता हूं। पिता ही मृग-मरीचिका से प्रताड़ित 'वांटेड' के कॉलम देखा करते हैं और फॉर्म मंगवा लेते हैं, या दरख्वास्त टाइप करा लेते हैं, और मुझसे कहते हैं कि मैं दस्तखत कर दूं। अकसर ऐसे समय मैं पिता को टटोलता कि क्या किसी का लेटर वगैरह है?

"दरख्वास्त भेज तो दो। क्या पता चुन ही लिए जाओ," पिता मुझे फुसलाते हुए निरीह भाव से कहते हैं।

"नौकरी लॉटरी नहीं है कि चांस पर निर्भर हो," मैं ठंडा बना रह कहता।

पिता दो-चार मिनट मरी खाल का चेहरा लिए खामोश बैठे रहते। उनके

मुंह में दांत होते हुए भी लगता कि दांत नहीं हैं। फिर वह चिरौरी-सी करते हुए कहते, "मेरी मानो, भेज दो। आसरा, आसरा होता है। यह भी हो सकता है कि काम बनने वाला हो और ऐन मौके पर कोई जरिया निकल आए। समय और भाग्य कब सीधा हो जाए, कोई नहीं बता सकता है।"

मैं दरख्वास्त पर दस्तखत कर देता। मैं सोचता कि पिता को अगर इससे कुछ राहत मिलती है कि झूठी आशा की चुस्की से अगर वह अपना गला तर करना चाहते हैं तो करें, मेरा क्या नुकसान? मेरे दिल-दिमाग में भ्रम का कोई वैसा जाला नहीं होना चाहिए। सो नहीं है। वहां तस्वीर एकदम साफ है।

झूठ क्यों कहूं? ट्यूशन-फ्यूशन से जो मुझे पचास-साठ रुपए मिल जाते हैं, उनसे मेरी सिगरेट का खर्च निकल आता है, तीन-चार बार चाय-कॉफी पी लेता हूं और घर से बाहर काफी देर तक रह लेता हूं। दोपहर-शाम को चार चपातियों का प्रबंध पिता की ओर से निर्बाध है ही। और मुझे क्या चाहिए? मां कहती हैं कि मेरी शादी हो जानी चाहिए। कभी-कभी किसी खूबसूरत लड़की को देखकर मुझमें भी उसे पाने की ख्वाहिश उठती है, मसलन अपने दोस्त मेहता की बहन को लेकर या गली के मोड़ पर रहने वाले डाकखाने के इंस्पेक्टर सुशीलचंद्र की लड़की को लेकर। मेरे चेहरे पर मुंहासों की भरमार है। शादी होने पर मेरे चेहरे पर से मुंहासे गायब हो सकते हैं। पर मैं जानता हूं कि शादी का प्रश्न नौकरी से जुड़ा हुआ है। इसलिए मैं अपने चेहरे के मुंहासों की समस्या को लेकर परेशान नहीं हूं।

पिता ने स्टार पेपर्स लि. से आया इंटरव्यू कार्ड लाकर सामने रख दिया है। पिता ने मुझसे पिछले दिनों वहां असिस्टेंट्स की जगहों के लिए प्रार्थनापत्र भिजवाया था। न जाने कैसे पिता को यकायक यह पता लग गया कि उस शहर में उनका एक मित्र रहता है जो मेरी सहायता कर सकता है। पिता का कहना है कि वह मित्र कभी इसी शहर में रहता था और उनके साथ पढ़ा हुआ है। पिता ने उस मित्र का पता प्राप्त किया और एक खत लिख दिया। एक खत उसके नाम मुझे दे दिया। जाओ, शुभ सगुन दही-मच्छी देखकर...पिता के इन शुभ सगुनों पर शायद आप भी हंस दिए हों। आज का यह जमाना और आदिम युग की यह विश्वास-भावना। इससे पिता की बौद्धिक विपन्नता का भी आप जायजा ले सकते हैं।

पिता के वह मित्र पिता जितनी ही उम्र के होंगे। पर काफी छोटे लगते थे। खाई-पी देह थी, चिकनी-चुपड़ी। दांत काफी सफेद थे। मुझे देखते ही

मुस्कराने लगे कि मैं परिचय न देता तब भी वह मुझे पहचान लेते। मेरी छवि पिता से मिलती-जुलती है। उन्हें दुःख था कि एक मुद्दत से अपनी व्यस्तता के कारण वह पिता से मिल नहीं पाए न कोई संपर्क ही बनाए रख सके। पिता ने पत्र में अपनी सारी दैन्य-स्थिति लिख दी थी। भाई का वाकया भी। वह पूछने लगे कि भाई ने यह क्या बेवकूफी की। मैंने कहा कि बेवकूफी उन्होंने इस मायने में की कि कागजों में गोल-माल करते हुए अपने विरुद्ध काफी कुछ सबूत छोड़ दिए और दफ्तर के दूसरे लोगों की तरह चाक-चौबंदी नहीं बरती कि दूर-दूर रहकर सिर्फ हिस्सा लेते। वह बोले कि बुरे काम का बुरा नतीजा होता है। मैंने मन में कहा कि उन्होंने रोजगार में जो यह पैदा किया है, इस शहर में जो उनका अपना मकान है, मकान में जो यह सोफा-सेट, कालीन, पर्दे, चमक-दमक है, क्या केवल ईमानदारी के बलबूते? जनाब भी शर्तिया ब्लैक और स्मगलिंग करते होंगे। उन्होंने मुझे बताया कि वह मेरे लिए जो कुछ हो सकेगा, करेंगे। फिर शाम को बुलाकर कहा कि उन्होंने पता लगा लिया है कि इंटरव्यू कौन ले रहा है। मैनेजर लाल साहब खुद बैठेंगे। वह बहुत ईमानदार और सख्त आदमी हैं और किसी की सिफारिश-बैकिंग नहीं मानते हैं। कोई अगर किसी के लिए कोशिश करता है तो वह उस उम्मीदवार को रिजेक्ट कर देते हैं। इसलिए मैं इस भावना और तैयारी के साथ इंटरव्यू में जाऊं कि योग्यता के आधार पर मुझे लिया जा सके। मैं बताऊं, मैं उसी क्षण समझ गया कि मैं नहीं लिया जाऊंगा। ईमानदार-सीमानदार कोई नहीं होता। सब दिखावा करते हैं। जिनकी सिफारिश पहुंचेगी, वे रख लिए जाएंगे। पिता के मित्र मेरे चेहरे पर उभरे अविश्वास को शायद समझ गए। वह फिर बोले कि मैं विश्वास करूं कि लाल साहब वैसे ही हैं जैसा उन्होंने बताया है और चुनाव योग्यतानुसार ही होगा। मैं आत्मविश्वास के साथ जाऊं।

लाल साहब अधेड़ उम्र के आदमी थे। उनका भरा हुआ चेहरा था। कानों पर एक-एक इंच लंबे काले बाल उगे थे। वह पुराने ढंग की तितली-मार्का मूंछ रखे थे। उन्होंने बंद गले का कोट पहन रखा था। यह शख्स ऊपर से सच में बड़ा कड़ा दीख रहा था। पर मैं बताऊं, यह कड़ापन महज एक ऊपरी परत होती है। अंगुलियों के सख्त दबाव से यह कड़ापन अंडे के खोल जैसा फूट जाता है और फोड़ने वाले को अंडे की जर्दी सुलभ हो जाती है। मेरे घुसते ही लाल साहब ने मुझे अंदर से घूरा और फिर मेज से कुछ फासले पर पड़ी कुरसी पर बैठ जाने को कहा। उन्होंने मुझसे मेरी शैक्षिक योग्यता पूछी। फिर पूछा कि

बी. ए. में मेरे कितने प्रतिशत अंक थे। जब मैंने कहा कि 57 प्रतिशत, तो कहने लगे कि मैं अभाग्यशाली था जो चंद नंबरों से प्रथम श्रेणी रह गई। फिर उन्होंने मुझसे पूछा कि पाकिस्तान की ओर से हिंदुस्तान पर आक्रमण कब हुआ? चीन ने अपना प्रथम आणुविक विस्फोट कब किया? 'स्टेशनरी' जिसके बाद में 'ई आर वाई' है और 'स्टेशनरी' जिसके बाद में 'ए आर वाई' है, उनके अर्थ में क्या अंतर है? एक रीम कागज में कितनी शीटें होती हैं? 'फुल स्केप' के हिज्जे क्या हैं? मैं चूंकि पचासों इंटरव्यू दे चुका था, इसलिए इन प्रश्नों के उत्तर देने में मुझे कोई दिक्कत नहीं हुई। वह प्रश्न करते जाते और मैं उत्तर देता जाता। फिर उन्होंने मुझसे पूछा कि क्या मैं टाइप जानता हूं और यदि हां तो मेरी स्पीड कितनी है? मैंने कहा कि पहले 70 शब्द प्रति मिनट टाइप कर लेता था, अब बहुत दिनों से टाइप नहीं किया है। उन्होंने कहा कि वह स्पीड काफी अच्छी थी और मुझे बनाए रखनी चाहिए थी। फिर उन्होंने मुझसे पूछा कि सफलता प्राप्त करने के क्या उपाय हैं? जब मैंने कहा कि पहले किसी समय में ईमानदारी, परिश्रम और प्रतिभा गुर समझे जाते थे पर इन दिनों वे टैक्ट और कांटैक्ट हैं, तो लाल साहब खुलकर हंसने लगे। उन्होंने चश्मा उतारकर हाथ में ले लिया और कुरसी पर अपनी गर्दन आराम की मुद्रा में टिकाकर कमानी के सहारे चश्मा नचाने लगे। फिर कुछ देर बाद चश्मा दुबारा लगा लिया, चेहरे पर गंभीरता वापस चिपका ली और मुझसे कहा कि मैं जा सकता हूं।

इंटरव्यू का पूरा विवरण शाम को मुझसे सुनकर पिता के मित्र भी टैक्ट और कांटैक्ट वाली बात पर हंसने लगे। उन्होंने मेरी पीठ को किसी स्कूली बच्चे जैसा थपथपा दिया कि तुम जरूर ले लिए जाओगे, यह मेरा मन कहता है। तुम्हारा इंटरव्यू बहुत ठीक रहा है। पर मैं बताऊं, मुझे कतई यकीन नहीं हुआ। मैं परिणाम से पूर्ण परिचित था। कोई बराबर की उम्र वाला होता तो मैं कहता कि आओ बाजी लगा लो, मैंने बीसियों बार सब प्रश्नों के सही उत्तर दिए हैं, पर चुने गए उम्मीदवारों की सूची में मेरा नाम नदारद था। कारण वही था। जिनकी पहुंच, सिफारिश होती या जो चांदी के जूते की मदद लेते, उन्हीं को लिया जाता। वही यहां भी होगा। इस इंटरव्यू में दो तो इस दफ्तर के असिस्टेंट्स के ही साहबजादे थे। एक कह रहा था कि किसी मिल के डायरेक्टर जौहरी ने उसके लिए फोन किया है। एक बता रहा था कि उसकी पीठ पर एक एम. पी. का हाथ है। एक लड़की की सहायता पर खुद उसका रूप और यौवन था। मैं जानता हूं कि सारी जगहें इन्हीं लोगों से भर ली जाएंगी और मैं वही ठनठन गोपाल।

रेल के डिब्बे में रेल-पेल के बीच जगह पाने और निकालने की अपनी तरकीबें होती हैं। आपके पास टैक्ट है तो लोग-बाग अपनी पोटली-पुलिंदों या बक्से पर जाकर बैठ सकते हैं, या खड़े रहेंगे, और आपके लिए जगह हाजिर है। आराम से बैठ जाने पर आप ऊंघ भी सकते हैं और किसी बहस-मुबाहसे में हिस्सा भी ले सकते हैं। डिब्बे में मेरे सामने वाली बर्थ पर एक अधेड़ उम्र का व्यक्ति अखबार पढ़ रहा था। एक खबर पढ़कर उसने झुंझलाकर सिगरेट का टुर्रा खिड़की के बाहर फेंक दिया और यों मुंह बनाया जैसे कोई बदजायका चीज उसकी जबान पर आ गई हो, "स्साले, सब बेईमान। कहने को विधायक हैं, जनता के लिए कानून बनाते हैं पर पार्टियां यों बदल रहे हैं जैसे रंडियां बिस्तर बदलती हैं। बड़े-बड़े मंत्री तक इसमें शामिल हैं। सब स्साले भ्रष्ट...।" पास बैठे हुए दो यात्री उसका समर्थन करने लगे और बात को अधिक विस्तार देने के लिए उदाहरण देने लगे। बर्थ के आखिरी सिरे पर एक 28-30 साल का छरहरे जिस्म का युवक बैठा था। वह गाढ़े का तंबाकू रंग का कुर्ता पहने था और सफेद पाजामा। माथे पर रोली का टीका लगा था। कलाई पर पुराने फैशन की चौकोर डायल की घड़ी बंधी थी। वेश-भूषा और मुद्रा से वह किसी छोटे शहर का दिखता था। वह विरोध में कहने लगा कि यह तो कहना सरासर गलत होगा कि सब बेईमान और भ्रष्ट हैं। बहुत से व्यक्ति ईमानदार और सच्चरित्र हैं और अपने सिद्धांतों पर वृक्ष की तरह खड़े हैं। हम उनको देखें और अपना आदर्श बनाएं। वे आज भी अपनी छाया से शीतलता देते हैं। उसके प्रति-विरोध में पहले एक चश्मेवाला व्यक्ति बोल उठा कि जिनको आदर्श बनाया जाता है वही अधिक छानबीन पर दागी निकल जाते हैं। फिर उसने एक आदर्शवादी व्यक्ति का उदाहरण सुनाया जिसने सगे भाई के साथ ही विश्वासघात किया। आमने-सामने की बर्थ पर मिलकर दस लोग तो बैठे ही थे। एक बच्चे को छोड़ दिया जाए तो बाकी सब किसी न किसी रूप में कह रहे थे कि जिसे दुम उठाकर देखो वही मादा नजर आता है। इतनी नोचा-खसोटी, चालाकी और स्वार्थलिप्सा पहले नहीं थी। स्थिति यह है कि बेईमान बनकर ही आज के समय में जिया जा सकता है। वह युवक अब भी दलीलों पर दलीलें दिए जा रहा था, वही निहायत लचर, पिटी हुई और अव्यावहारिक कि जो ईमानदार है उसे बड़ी शांति रहती है, वह किसी से नहीं भय खाता है, अब भी ऐसे-ऐसे ईमानदार लोग हैं...। मैं अपने को जब्त न रख सका और मैंने उस युवक से सीधा सवाल किया कि क्या वह ईमानदार है?

"हां हूं।"

"मुझे इत्मीनान नहीं।"

युवक के चेहरे पर से चमक एकदम गायब हो गई। वह सकपकाया-सा मुझे देखने लगा। फिर तिलमिलाहट पीता हुआ बोला कि पिछले आठ साल से वह एक सेकंडरी स्कूल में अध्यापक है और वह कसम खा सकता है कि उसने किसी प्रकार की कोई बेईमानी की हो।

"मैं समझ गया। आपको बेईमानी करने का कोई मौका नहीं मिला, इसलिए आप अपने को ईमानदार बता रहे हैं। जब आप हेडमास्टर हो जाएंगे और फंड वगैरह खर्चने का अधिकार आपको मिल जाएगा तब आप भी उसी तरह का गोल-घुटाला करेंगे।"

इस उत्तर से वह और भी हतप्रभ हो गया। उसके चेहरे पर पसीना चुचुआ आया। फिर वह अति ठंडे और समर्पण वाले भाव से बोला कि ऐसे आक्षेपों का कोई उत्तर नहीं होता इसलिए अब वह चुप रहेगा। फिर वह सच में चुप हो गया। इसके बाद जब दूसरे लोग मिसालें देते हुए अपनी बात कहने लगे, मसलन कि एक मास्टर साहब कक्षा में विद्यार्थियों को आदर्शवादी सीखें सुनाते थे पर परीक्षा में उन्होंने अपने पुत्र को नकल कराई, तो वह गूंगे की तरह खामोश बैठा रहा। फिर मौका पाकर वह एक दूसरे केबिन में उठकर चला गया। उसके जाते ही चश्मेवाला यात्री बोला कि अपने को गांधी का वारिस बन रहा था...।

पिता को मैंने बता दिया कि उनके मित्र ने बहानेबाजी की और सिफारिश करने से मुकर गए। जब कोई व्यक्ति कोई काम नहीं करना चाहता है, या समझता है कि वह वैसा नहीं कर पाएगा, तो वह चतुराई से ऐसा कोई बहाना गढ़ देता है। पिता का चेहरा उतर गया। पर मित्र का पत्र पढ़कर, जो मैं साथ लाया था, उनके चेहरे पर ताजगी फिर आ गई, "उन्होंने तो लिखा है कि..."

"वह लिखा करें, पर मुझे एक नए पैसे भर भी..."

"तू यह कैसे कुबोल हरदम बोलता है? कभी तो ढंग से बोला कर।"

मतलब यह है कि मैं सही स्थिति से आगाह न कर गलत दिलासा दूं, झूठी उम्मीदों की इंद्रधनुषी दुनिया बनाने में मदद करूं। पिता इन दिनों यह भी उम्मीद करने लगे हैं कि भाई अपील में छूट सकते हैं। इस आशा का है कोई सिर-पैर? मैं जानता हूं कि डेढ़-दो साल बाद जब अपील सुनवाई में आएगी,

वह खारिज कर दी जाएगी और भाई अंतिम रूप से जेल में वापस चले जाएंगे। पिता या भाई के पास ऐसा क्या है जो वैसा होने से बदल सकें।

अब मैं दो दिन पहले की सुनाऊं। मैं बाजार के उस भाग से गुजर रहा था जहां गुड़ और चावल वाले बैठते हैं। उधर मेरा एक दोस्त रहता है। जब मुझे उससे मिलना होता है तब वहां से गुजरना पड़ता है। वैसे वहां दिन-भर आदमी और मक्खियां भिनभिनाया करती हैं। एक दुकान के आगे काफी शोरोगुल हो रहा था और पच्चीस-तीस आदमी घेरा बांधे खड़े थे। एक मजदूरनुमा आदमी तपते तवे की बूंद जैसा उछल-कूद रहा था और हताशा और आवेश में गालियां बक रहा था। उसका कहना था कि उसने दो रुपए के चावल तौलवाकर पांच का नोट दुकानदार को दे दिया। पर दुकानदार कहता है कि उसने नोट दिया ही नहीं। दुकानदार ने चावल की पोटली में से चावल खोल लिए थे। मजदूरनुमा आदमी के चेहरे पर प्रतिक्रियाजन्य ऐसा भाव था कि मौका मिले तो वह दुकानदार का मुंह नोच ले या उसका टेंटुआ पकड़कर उसे किसी गत्ते के पुतले जैसा झुलाए। दुकानदार पस्त कद का एक पुतलानुमा आदमी था, जिसके मुंह में दांत नकली थे और जोर से बोलने में उसे दिक्कत होती थी। वह जब-तब तमाशबीनों से शिकायत करता कि भाई लोगो, आप देखिए, नोट कहीं दूसरी जगह फेंक आया है और मुझको बदनाम कर रहा है। लोगों की समझ में न आ रहा था कि मामला कैसे निपटाया जाए। उनमें यह झिझक थी कि किसी को एकदम कैसे बेईमान घोषित कर दिया जाए। तब अपने को उलझाने का खतरा भी था। यकायक मजदूरनुमा आदमी बोला कि लाला, तुम अपने लड़के की सौगंध खा जाओ कि नोट तुमने नहीं लिया है। लोगों ने कहा कि हां, जब यह कसम पर फैसला छोड़ता है तो दुकानदार कसम खा जाए। पस्ता कद वाला दुकानदार पहले तो यही कहता रहा कि वह शख्स कहीं दूसरी जगह नोट गिरा आया है और झूठा दोष मढ़ रहा है और कसम खाने के लिए जोर दे रहा है। फिर वह लड़के की कसम खा गया। मैं पहले ही समझ गया था कि दुकानदार कसम खा जाएगा। कसम खाने में उसका नुकसान क्या है? वह तो हलक में फंसी चीज को नीचे उतारने के लिए तरल घूंट-जैसा है। अब मजा देखिए कि दुकानदार के कसम खाते ही मजदूरनुमा आदमी आधार छूटी दीवार जैसा भरभराकर बैठ गया और भौचक-सा, फटी-फटी आंखों से दुकानदार की ओर देखता हुआ उसांसें भरने लगा...लाला तुमने कसम खा ली। ...अपने

लड़के की झूठी कसम खा ली। ...अपने लड़के की झूठी कसम खा ली! ...उसने इस वाक्य को दस-बारह बार इस तरह दोहराया कि जैसे उसे विश्वास न हो कि दुकानदार झूठी कसम खा सकता है। जब लोगों ने कहा-सुना कि वह बाजी हार गया है तो वह उठा और यह कहता हुआ चला गया कि झूठी कसम खाने का बुरा नतीजा होगा। यह तो वही बात हुई कि किसी जबरदस्त बच्चे ने अपने से कमजोर बच्चे का लेमन-जूस छीना और मुंह में रख लिया और कमजोर बच्चे ने गाली दी-राम करे तेरी आंख फूट जाए। आपने आज तक ऐसे किसी के कहने से किसी की आंख फूटती देखी है? मैं बताऊं, कुछ दिनों बाद जब वह मजदूरनुमा आदमी उधर से गुजरेगा, वह लाला को दुकान पर वैसे ही बैठा हुआ पाएगा। अब कोई ऐसा अवसर आएगा तो वह कसम पर मामले का निबटारा नहीं छोड़ेगा, बल्कि हो सकता है कि वह खुद ही कोई झूठी कसम खा जाए।

लीजिए, पिता के मित्र का पत्र आ गया। उन्होंने अफसोस जाहिर किया है कि स्टार पेपर्स मिल में चुने गए उम्मीदवारों की सूची में मेरा नाम नहीं है। पिता को शॉक लगा है। उनको उम्मीद जो थी। मैंने कुछ भी नहीं महसूस किया है। मैं परिणाम से पूर्ण परिचित था। भाई की जब अपील खारिज होगी और वह जेल जाएंगे, पिता को तब ऐसा ही शॉक लगेगा...मैंने सिगरेट सुलगा ली है और पीने लगा हूं।

'आधारशिला', जनवरी-फरवरी, 2013

सम्मानजनक जीना

रात नौ से ऊपर थे। बारिश हो रही थी। बारिश को शुरू हुए खासा वक्त हो गया था। उसके जो ताव-तेवर थे, लगता था कि वह अभी रुकेगी नहीं। हो सकता है कि पानी रात भर गिरे। जुलाई का महीना था। ऐसा हो सकना गैर-मुमकिन भी नहीं था। बाहर सड़क पर लगभग सन्नाटा था। आसपास भी। वह जनसंकुल इलाका नहीं था।

नारायण स्वामी ने अपने कक्ष से एक बार अंदर खिड़की के पास जाकर और एक बार बाहर बरामदे में निकलकर इस बारिश को देखा था चंद मिनट तक। यह देखना न देखना जैसा था। पानी की धार बांधकर गिरने में आवाज थी। इस आवाज को सुनना न सुनना जैसा था। नारायण स्वामी के मस्तिष्क में रह-रहकर ट्रेन छक-छू-तुक...छक-छू-तुक की आवाज के साथ दौड़ने लगती थी और उसी के साथ सोच में कुछ छंटने, कुछ जुड़ने लगता था। सोच सही-सुधरा आकार ग्रहण करने लगता था।

नारायण स्वामी का वास्तविक नाम नारायण प्रसाद था। लेखन के शुरुआती दौर में ही उन्होंने अपने नाम के दूसरे भाग प्रसाद को स्वामी से संशोधित कर लिया था। दो-एक जानने वालों के यह बताने पर कि स्वामी तो शायद तमिल जन अपनी उपजाति के रूप में लगाते हैं जब कि वह उत्तर भारतीय वैश्य हैं, उन्होंने कहा था कि लेखक अपने कृतित्व से ही नहीं अपने व्यक्तित्व से भी जाति, धर्म, भाषा, क्षेत्र की हदबंदी तोड़ता है। सच यह था कि उन्होंने स्वामी को अंगीकार इसलिए किया था कि इससे नाम में प्रबुद्धजन्य असाधारणता का रोब-दाब जुड़ जाता था और यह उनको पैर जमाने व रास्ता निष्कंटक बनाने में मददगार साबित हो सकता था। बाद में जब उन्होंने पाया कि निहायत भदेस, लुचलुचे नामधारी भी साहित्य और कला के क्षेत्र में अति प्रतिष्ठित, अति प्रख्यात बन गए हैं तब वह मानने लगे थे कि नाम का नहीं, कृतित्व का

पौरुष, उसकी पायेदारी, उसकी असाधारणता ही मुख्य है। नासमझी में जो हो गया था उस हो गए को अब बनाए रखना ही समझदारी थी। नारायण स्वामी पचहत्तर वर्ष अर्थात अमृत जयंती वाली आयु पार कर चुके थे। लेखन के प्रति उनमें जुनून अब भी गर्म था। लगता था कि जैसे लेखन ही उनके जीवन का असल मकसद है। पत्नी की मृत्यु हो चुकी थी। बेटे-बेटियों के मोह-स्वार्थ के अपने अलग ठौर-ठिकाने बन चुके थे। लेखक परिवार में रहकर भी अकेला होता है। अब तो सपाट अर्थों में भी वह अकेले थे। लेखक नींद में भी जागता रहता है। उनका वैसे भी नींद के खाते में समय कम जाता था। रात के ग्यारह बजे तक वह सामान्यतः जागते ही थे। जिन दिनों कोई कहानी या उपन्यास रचा जा रहा होता था या उसकी विषयवस्तु को लेकर उधेड़बुन चल रही होती थी, उन दिनों यह जागना लंबा खिंच जाता था।

नारायण स्वामी के मस्तिष्क में रह-रहकर जो ट्रेन छुक-छू-तुक...छुक-छू-तुक की लय-ताल के साथ दौड़ने लगती थी, वह एक लिखी जाने वाली कहानी को लेकर थी। कहानी की रूपरेखा मोटा-मोटी यों थी–एक एक्सप्रेस ट्रेन बीच रास्ते में रुक गई है। किसी सुपरफास्ट ट्रेन को पास होना है। गार्ड की केबिन के बाद वाली दूसरी या तीसरी बोगी में कुछ देर से शोर उठ रहा था। ट्रेन ठहरते ही शायद उसी बोगी से आगे-पीछे दो यात्री उसकी केबिन के सामने आ गए थे। बोले थे कि उनकी बोगी में एक औरत प्रसव-पीड़ा से बेहद छटपटा रही है। किसी वक्त बच्चा जन सकती है। उसके पास दवा होगी। गार्ड हंसा, क्या किसी दवा से प्रसव रोका जा सकता है? औरत का ग्रामीण पति भी इसी दौरान आ गया और भीगे, गिड़गिड़ाए स्वर में बताया कि उसकी जनानी की हालत बहुत ज्यादा खराब है। वह ट्रेन जल्द चलाए और रफ्तार तेज हवा जैसी कर दे। स्टेशन पर अस्पताल या किसी डॉक्टर की मदद ली जा सकती है। पिघले, बहे स्वर में यह भी बताया कि उसकी पहली जनानी बच्चा जनने में मर गई थी। गार्ड ने कहा कि स्टॉपेज वाला अगला स्टेशन अभी काफी दूर है। फिर सुपरफास्ट ट्रेन के बाद एक और मेल ट्रेन को भी पास होना है। ट्रेन के स्टेशन पहुंचने में पौन से एक घंटे का समय लग सकता है। अधेड़ उम्र का लंबे कद वाला गार्ड उनको लेकर बोगी में आ गया। उसने वहां इर्दगिर्द की बर्थों के पुरुष यात्रियों को पिछले हिस्से में भेजकर बोगी में सामने पड़ गई उम्रदराज महिला से कहा कि वह औरत को हिम्मत बंधाए, मदद करे। शबाब का काम है। फिर वह बोगी से उतरकर ट्रेन में डॉक्टर की तलाश करने लगा।

एक एसी-टू बोगी में उसकी तलाश सफल रही थी। वहां यह पूछने पर कि क्या कोई डॉक्टर सफर कर रहा है, एक युवती वैसा जताती हुई खड़ी हो गई थी। गार्ड के जरूरत बताने पर युवती बोली कि गाइनिकोलॉजी में अभी उसका प्रथम वर्ष होने के कारण उसकी स्थिति एक स्टूडेंट वाली है। फिर उसके पास जरूरी सामान भी नहीं है। उसकी बगल में बैठी एक दूसरी युवती, वह भी डॉक्टरी की पढ़ाई कर रही थी, बोली कि वे दोनों इसे एक ग्रांड रिहर्सल नहीं एक गोल्डेन प्रैक्टिकल चांस मानेंगी। गार्ड ने उन दोनों को संबंधित बोगी में पहुंचा दिया। गार्ड के जेहन में अपनी चचेरी बहन के साथ दस-बारह साल पहले घटा हादसा याद आ गया था। बहन ने एक यात्री बस में प्रसव किया था। बच्चा तो बच गया था लेकिन जच्चा के जिस्म में जहरबाद छिटक जाने से उसकी मौत हो गई थी।

ट्रेन चल दी थी। ट्रेन ने अपनी पूरी रफ्तार पकड़ ली थी। गार्ड का मोबाइल फोन बजा था। दूसरी ओर से लेडी डॉक्टर का, जिसे उसने अपना नंबर दे रखा था, संदेश आया-डिलेवरी हो गई है। सब कुछ सही है। संदेश खुला-खिला-"लड़की के जन्म लेने से मैं और मेरी संगिनी दोनों खूब खुश हैं। हमारी सिकुड़ रही जात में बढ़ोतरी हुई है।"

स्टेशन पर ट्रेन रुकने पर गार्ड कैडबरी चॉकलेट का पैक लिए बोगी में पहुंच गया-"खुशी के इस अवसर पर मुंह मीठा हो जाए।" पति द्वारा चॉकलेट के पैसे पेश करने पर गार्ड ने ओंठ चमकाए-"बच्ची का ताऊ हूं। ताऊ का रिश्ता जताया है।"

कहानी की आधा घंटा पहले की रूप-रेखा में ट्रेन का रुकना चेन खींची जाने से हुआ था। बोगियों में इन दिनों जिस प्रकार की नई टेकनीक की व्यवस्था है उसमें चेन का खींचना उतना आसान नहीं रहा है। सुपरफास्ट और मेल ट्रेनों के पास करने के लिए सिग्नल का न मिलना डालना ज्यादा सही रहा। ताऊ के रिश्ते वाली बात पहले नहीं थी। इस रिश्ते के समावेश से कहानी का स्वर अधिक मानवीय बन गया है।

नारायण स्वामी ने माना था कि मस्तिष्क को ढीला छोड़ने व कसने से यह रूप-रेखा और भी निखरेगी। रूप-रेखा पक्की हो जाने पर फिर वह उसके लिए भाषा, शिल्प से बना फिट लिबास या सुडौल कलेवर के बारे में सोचेंगे। मौजूं लिबास या कलेवर कथा-वस्तु को अधिक स्वीकार्य, अधिक स्वागत योग्य बना देता है।

नारायण स्वामी ने मस्तिष्क में भारीपन महसूस किया, जमा, ठहरा-सा। अधिक सोचने से पैदा थकान का यह असर होगा। वह अंदर किचन में चले गए। चाय का कप लेकर लौट रहे थे कि पाया कमरे में कोई है।

"तशरीफ रखिए। आपके लिए भी एक कप चाय बनाता हूं। फिर बात होगी।"

"नहीं, मुझे चाय की जरूरत नहीं है।"

"अकेले चाय तब मैं पी नहीं पाऊंगा। बस पांच मिनट लगेंगे बल्कि उससे भी कम।"

नारायण स्वामी ट्रे में दो कप चाय व बिस्कुट लिए वापस कमरे में आ गए। आगंतुक वहां पड़ी एक कुरसी में धंस चुका था।

"जनाब ने इस बिगड़े मौसम में कैसे कष्ट किया? इससे पहले मुझे कभी आपसे मिलने का सुअवसर नहीं मिला।"

"अब जब आप चाय ले आए हैं, पहले इसको पी लेना ठीक होगा।"

आगंतुक पैंतीस-चालीस वर्ष के बीच का था। गहरा कसा हुआ जिस्म था। माथे पर लंबे कटे जख्म का निशान था। सिर के बाल ज्यादातर खड़े थे, मूंछ के बाल भी। भीगने से बचने के लिए वह जिस प्लास्टिक का रेनकोट पहनकर आया था, उसने उसे उतारकर दरवाजे के पास लटका रखा था।

चाय निपटाकर कप मेज पर रखने के साथ उसने चूतड़ के नीचे दबी पिस्तौल निकालकर सामने रख दी।

"पिस्तौल! यह पिस्तौल क्यों?"

"पिस्तौल के बिना मैं जीरो हूं," आगंतुक ने बदरंग दांतों से हंसी का एक छीछड़ा चुआ दिया।

नारायण स्वामी ने कुछ दिन पहले एक ख्यातिप्राप्त हिंदी संपादक की 'खास यादें' नामक पुस्तक पढ़ी थी। संपादक ने लिखा था कि एक धुरी संध्या उनसे एक व्यक्ति आवास पर मिलने आया था। कहा कि उसने अपनी कई कविताएं उनकी पत्रिका में प्रकाशनार्थ भेजी थीं, किंतु वे सब अस्वीकृत कर दी गईं। वह दस कविताएं लेकर आया है। साथ में पिस्तौल भी। यदि उन्होंने उसकी कोई भी कविता प्रकाशित करने का आश्वासन नहीं दिया तो वह वहीं गोली मारकर आत्महत्या कर लेगा। उसने जेब से बाहर पिस्तौल निकाल ली थी। संपादक ने ऐसा समझा-बुझाकर कि जोर-जबरदस्ती यदि उसकी कोई कमजोर कविता छप भी जाती है तो इससे उसकी पहचान को

कोई लाभ नहीं मिलेगा जब कि अच्छी स्तरीय कविताएं छपने से छपने का सिलसिला शुरू हो जाएगा और उनको पूर्ण विश्वास है कि कविताओं के प्रति उसका यह जुनून उनको अपनी पत्रिका में उसको ससम्मान स्थान देने के लिए विवश कर देगा, उसे वापस भेज दिया था।

"आपको मुझसे अपनी प्रकाशन संबंधी किसी समस्या में मदद तो नहीं लेनी है?"

"मुझे आपको शूट करना है।"

"शूट करना है! कृपया ऐसा क्रूर मजाक न करिए। आपने किसलिए आने का कष्ट किया, बेझिझक बताइए।"

"मजाक नहीं, यह सच है। मुझे आपको शूट करना है। एक कार मकान के बाहर मुझे छोड़कर चली गई है। दस मिनट के अंदर वापस आएगी। दस मिनट में मुझे इस काम को अंजाम देना है," आगंतुक ने ठंडे जमे स्वर में कहा।

नारायण स्वामी ने आगंतुक के चेहरे पर विचलित निगाह ठहराई। निगाह हटाई, "आपको अगर रुपए चाहिए हैं तो मैं स्वयं निकालकर दिए देता हूं। पिछले हफ्ते मैं बैंक से पांच हजार निकालकर लाया था। सौ-दो सौ खर्च हुए होंगे।"

"मैं लूटने नहीं, आपको मारने आया हूं। मारने को आसान स्थितियों ने भी बना दिया है। पानी का पहले से गिरने लगना, आपके मकान के अहाते की दीवार का खसा होना, आपके कमरे का दरवाजा बंद न होना, आपका एकदम अकेले होना, ये ऐसी ही मुआफिक स्थितियां हैं।"

"मुझे मारने का कोई कारण तो होगा?" आधा मिनट तक रुका स्वर झटके के साथ आगे बढ़ा, "मैंने अपनी जानकारी में आपका कभी कोई अहित नहीं किया। हित-अहित की बात तब होती जब मेरा आपसे कभी कोई साबका पड़ा होता। मेरी किसी दूसरे से भी कोई अदावत नहीं है। कभी किसी से कोई टकराव नहीं हुआ।"

"आपकी तरह विप्लव जी भी लेखन के धंधे से ताल्लुक रखते हैं। विप्लव जी आपसे बेहद नाराज हैं। उनका आपने सिर उठाकर जीना हराम कर दिया है।"

नारायण स्वामी की निगाह में उभरा, "मैं समझा नहीं।"

"विप्लव जी की पत्नी ने फांसी लगा ली थी। विप्लव जी ने इस

आत्महत्या की यह कहकर परदादारी की थी कि घर पर उनकी गैरमौजूदगी में उनके दुश्मनों ने पत्नी की हत्या कर उसकी लाश को लटका दिया। आपने इधर अपनी कई कहानियों में किसी न किसी की पत्नी की आत्महत्या की बात लिखी है और इस किसी न किसी में विप्लव जी की झलक उतार दी है।"

"लेखक जिस समाज में रहता है, जिन व्यक्तियों के बीच वह उठता-बैठता, विचरता है, जिनसे आए दिन उसका साबका पड़ता है, अधिकतर वह अपने चरित्र विषय के अनुरूप उन्हीं में से बीनता, बटोरता है। आसपास की हलचलें, उठा-पटक, घटनाएं लेखक की रचना की सामग्री बन जाती हैं। स्त्रियां अपने पति के दुर्व्यवहार या अन्य कई दूसरी असह्य अमानवीय स्थितियों से टूटकर जब-तब आत्महत्या करती रहती हैं। मैंने कभी भी विप्लव जी का नाम लेकर ऐसे प्रसंगों या घटनाओं का जिक्र नहीं किया है। अगर विप्लव जी ने इनको अपने से जुड़ा माना तो वही मसल हुई कि 'चोर की दाढ़ी में तिनका'।" नारायण स्वामी के चेहरे का तनाव कुछ खिसका।

आगंतुक ने एक दूसरा संगीन आरोप तुरंत सामने कर दिया, "आपने विप्लव जी के लिए कह दिया कि वह अपने पैसों से छपवा ली गई तीन-चार पुस्तकों की बिना पर जो यह दावा करते हैं या अपने चापलूस दोस्तों से करवाते हैं कि उनका नगर उनके नाम से पहचाना जाएगा या उन्होंने अपने को साहित्य के इतिहास में सुस्थापित कर लिया है, वह शेखचिल्ली किस्म की निरी खुशफहमी है। स्टिकर के सहारे इतिहास के दुर्भेद किले के बाहरी टायलेट्स में अपनी तस्वीर टांग या टंगवा लेना उस किले में जगह पा लेना नहीं है।"

"यह मैंने विप्लव जी पर नहीं, उस किस्म का दावा ठोंकने वाली तमाम उथली, बेपेंदी की शख्सियतों पर टिप्पणी की थी। आज के बेईमान, अनैतिक समय में वैसी टिप्पणी जरूरी हो गई थी।"

"मुझे जिन कुछ और सख्त शिकायतों का इल्म कराया गया है उनको भी जान लीजिए। एक यह है कि दूसरों की साफ-सुथरी छवि को खराब करने में विप्लव जी को आनंद मिलता है। ऐसा आनंद कुत्ते साफ दीवारों पर पेशाब से अपनी नाराजगी के निशान छोड़कर पाते हैं। एक शिकायत यह है कि उनके ही बन गए दूसरे शहर से प्रकाशित होने वाले एक बड़े दैनिक पत्र का लोकार्पण आप वहां जाकर कर आए जबकि इसका हक उनको था। एक शिकायत यह है कि आपके विरुद्ध वह कहीं लिखते हैं या अपने किसी गुरगे से लिखवाते हैं, वह छपता नहीं है।"

"इसमें मेरा क्या कुसूर? ये तो जोर-जबरदस्ती के थोपे गए दोषारोपण हैं। मेरे विरुद्ध विप्लव जी का लिखा हुआ भले ही प्रथम दर्जे की पत्रिकाओं में नहीं छपता हो, दूसरे-तीसरे दर्जे की पत्रिकाओं में तो वह छप ही जाता है। मैंने इनको लेकर बराबर चुप्पी साधे रखी। कभी कोई प्रतिक्रिया दर्ज नहीं कराई। मेरा लेखन भी विप्लव जी की तरह का ही अन्याय, शोषण के विरुद्ध है और मैंने आम आदमी की समस्याओं, उनके हितों, उनकी बहबूदी को दृष्टि में रखकर लिखा है। हां, इसको लेकर प्रगतिशील या वामपक्षीय होने का ढिंढोरा नहीं पीटा है। मैं जो हूं, वह मेरा आचरण, मेरा व्यवहार, मेरा लेखन बताएगा। यह सब ही लेखक के सच्चे प्रवक्ता हैं।"

नारायण स्वामी के मोबाइल की रिंगटोन सक्रिय हुई थी। आगंतुक ने चेतावनी सटकाई कि वह किसी से फोन पर बात नहीं करेंगे। आगंतुक ने उनका फोन कब्जे में कर पिस्तौल के पास रख दिया।

तुरंत ही आगंतुक के फोन की रिंगटोन बजी। आगंतुक फोन से जुड़ गया, "हैलो, क्या कहा? कार में कोई खराबी आ गई है? स्टार्ट नहीं हो रही है? कोशिश कर रहे हो? कुछ वक्त लग सकता है? देखो, ज्यादा देर नहीं होनी चाहिए।"

आगंतुक फोन से असंबद्ध होकर नारायण स्वामी से संबद्ध हो गया, "आपको गोली खाने से पंद्रह-बीस मिनट की मोहलत मिल गई है।"

आतंकजन्य चुप्पी ठेलकर, "मेरी हत्या के लिए आपको विप्लव जी ने गलत उकसाया है।"

"मुझे आपकी हत्या के लिए विप्लव जी के खास यारों में खास बोधिसत्त्व जी ने सुपारी दिलवाई है। बोधिसत्त्व जी भी आपसे बेहद नाराज हैं। उनका मानना है कि आप जिस तरह से उन दोनों की पर्सनाल्टी के नट-बोल्ट खोल-खोलकर इनका मुजाहिरा कर रहे हैं, बगैर आपको इस दुनिया से विदा किए हुए वे बाइज्जत यानी सम्मानजनक जीवन जी नहीं सकते हैं।"

विप्लव जी के यह मित्र एक डिग्री कॉलेज में हिंदी पढ़ाते थे। वास्तविक नाम फूलसिंह वर्मा था। तमाम हिंदी अध्यापन करने वालों की भांति उन्होंने भी यह मान लिया था कि साहित्य भी उनका अपना क्षेत्र है। उन्होंने इस क्षेत्र में सुभांति विचरण के वास्ते अपना दूसरा नाम बोधिसत्त्व रख लिया था। विभागीय कागजों में वह प्रोफेसर वर्मा थे, कभी-कभी प्रोफेसर बोधिसत्त्व भी। साहित्य के क्षेत्र में वह निखालिस बोधिसत्त्व कहलाना पसंद करते थे और उसी पर

जोर था। उनकी की गई जिन कतिपय पुस्तकों की समीक्षाएं इधर-उधर प्रकाशित हुई थीं, संयोग से दो समीक्ष्य पुस्तकें नारायण स्वामी के पास थीं। उन्होंने पाया कि पुस्तकों के फ्लैप की सामग्री का दो-तिहाई अंश समीक्षा में ठूंसा-ठांसा गया है। चारेक माह पूर्व बोधिसत्त्व जी उनसे उनके नए उपन्यास की प्रति मांगने आए थे। उन्होंने कहा था कि प्रकाशक ही अपने प्रकाशनों की समीक्षा के वास्ते पत्र-पत्रिकाओं और समीक्षकों का चयन करता है। लेखक का उस चयन से स्वयं को दूर रखना लेखन धर्म की पवित्रता है। उपन्यास पाने के लिए अपने कुतर्कों से दबाव बनाने पर भी वह सफल नहीं रहे थे। फिर हुआ यह कि बरामदे से उतरते हुए वह ठोकर खाकर गिर गए थे। उनके मुंह से तब तपते-तचते ये शब्द बाहर छिटके थे, "आपने मेरा अपमान किया है। आपने माना है कि साहित्य में मैं घुसपैठिया हूं, एक गलीज जीव हूं।"

नारायण स्वामी ने आगंतुक की ओर आशामयी प्रार्थना के भाव से देखा, "मुझ निर्दोष की किसी के कहने से हत्या करना पाप है।"

"सुपारी लेकर काम को अंजाम न देना ही मेरे लिए पाप है।"

एक मिनट की चुप्पी के बाद नारायण स्वामी ने कहा, "मुझे एक कहानी पूरी करनी है। कहानी बहुत अच्छी बनेगी, प्रथम श्रेणी की।"

"आप बहुत लिख चुके हैं। इस लिखी जाने वाली का मोह त्यागिए।"

दो मिनट बाद, "मेरा एक बहुत नामी पत्रिका के लिए इंटरव्यू लिया जाना है। इंटरव्यू लेने वाले सज्जन अगले सप्ताह आएंगे। समय, तारीख सब तय हो चुका है।"

"इंटरव्यू का भी मोह त्यागिए। मान लीजिए कि इंटरव्यू की बात थी ही नहीं। मरने के बाद यह भी सोचिए, आपका नाम और भी रोशन होगा। आपकी खामियां भी तब आपकी खूबियां बन जाएंगी।"

दो मिनट से अधिक के बाद, "याद आया, मेरी पोती का विवाह नवंबर माह में है। यह पोती मुझसे ज्यादा लगाव रखती है। जब-तब फोन से हालचाल लेती रहती है। बीच-बीच में मेरे पास आकर रह भी जाती है। दादी नहीं है। मुझे विवाह में दादी-दादा दोनों की जिम्मेदारी निभानी है।"

"पोती के माता-पिता हैं ही। दूसरे सगे-संबंधी भी। आपके न होने से विवाह का काम-काज रुकेगा नहीं।"

कुछ और लंबी खामोशी के बाद, "मुझ निर्दोष की हत्या करना घोर पाप है।" नारायण स्वामी भूल गए कि इस पाप की ओट वह पहले ले चुके हैं।

"फौज के सैनिक न जाने कितनों की हत्या करते हैं। यह उनकी ड्यूटी का हिस्सा है।"

आगंतुक ने एक अल्प विराम के बाद आगे कहा, "कुछ ही देर में आपकी मौत होनी है। होनी है तो इसको खुले मन से स्वीकार कीजिए। आप ज्ञानी-विद्वानी हैं। ऐसे व्यक्ति को मृत्यु से इस तरह भय खाना शोभा नहीं देता है। आपका चेहरा भीगे गत्ते जैसा हो रहा है।"

नारायण स्वामी के फोन की रिंगटोन फिर सजीव हुई थी, "मेरे लिए कोई मैसेज है। पहले भी आया था।"

रिंगटोन निर्जीव कर दी गई, "मैसेज से भी मोह त्यागिए। पूर्ण मोहरहित बन जाइए। सांसारिक माया-तृष्णा से अपने को समेट लीजिए।"

खामोसी पसरी। पसरकर टूटी।

"पेट गड़बड़ा रहा है। अंदर खौलन है। मैं लैट्रीन जाऊंगा।"

"पेट का साफ हो जाना ठीक है। मरते हुए टट्टी का बाहर निकल पड़ना मौत को घिना देता है। लेकिन हां, किसी होशियारी, चतुराई को बरतने की हिमाकत न करिएगा। लैट्रीन का दरवाजा खुला रहेगा।"

बाथरूम कमरे से ही संलग्न था। आगंतुक ने एक स्टूल दरवाजे से अड़ा दिया।

आगंतुक ने संपर्क जोड़ा, "हलो-हलो! कार कब आ रही है? अभी फाल्ट मिला नहीं है? क्या अपन को फंसाने का मंसूबा है? क्या बोला? मेरे डरने की बात तेरी खोपड़ी में घुसी कैसे? मैंने छह हत्याएं की हैं। एक मूंछ-तरेरू नेता के भाई को मोटरसाइकिल से रपटाकर दिन-दहाड़े भून दिया था। ...भैया, ऐसे काम तय प्लान से किए जाते हैं। पानी रुकने से पहले ही कार ले आना।"

नारायण स्वामी के वापस कुरसी पर आ टिकने पर उनकी ओर देखा, "पेट की सफाई हो गई होगी। अब ईश्वर का ध्यान करिए।"

"ईश्वर पर मेरी आस्था कभी भी नहीं रही। सद्कर्म मेरे लिए मुख्य रहे।"

"मरने जा रहे आदमी को ईश्वर का स्मरण करना चाहिए। इससे मन को शांति मिलती है। अंत समय है। ध्यान कीजिए।"

नारायण स्वामी को स्मरण आया। एक विचार-गोष्ठी थी। ऐसी गोष्ठियों में मानसिक जड़ता तोड़ने के लिए वह कभी-कभी चले जाया करते थे। विप्लव जी उसमें उपस्थित थे। विप्लव जी जिलाधीश कार्यालय में कार्यरत थे। उन्होंने कर्मचारी संघ की बागडोर अपने हाथ में ले रखी थी। साथ में

लेखन भी अपना रखा था। कर्मचारी संघ का नेता बन जाने पर वह लेखन क्षेत्र में भी नेतागीरी के लिए तीन-तिकड़म करने लगे थे। संघ की अराजक गतिविधियों के लिए प्रशासन द्वारा की गई दंडात्मक कार्रवाई में कई अधिक उत्पाती कर्मचारियों को दूसरे जिलों में लाद दिया गया था। विप्लव जी अपनी तैनाती के नए जिले से अपने मूल जिले में अपनी मौजूदगी छोटे-बड़े अंतराल से जताते रहते थे। उस गोष्ठी में विषय पर अपने विचार रखने के लिए विप्लव जी को आहूत करते हुए संचालक ने उनका परिचय दिया, "विप्लव जी विचारक, कवि, लेखक के साथ-साथ सोशल एक्टीविस्ट भी हैं। विप्लव जी अल्प वेतनभोगी कर्मचारियों के हितों, उनके न्यायोचित अधिकारों की खातिर जेल गए हैं।" परिचय के बीच में ही श्रोताओं में से एक व्यक्ति खड़ा होकर तेज आवाज में बोलने लगा, "विप्लव जी से पूछा जाए कि वह जो अपना जेल जाना परमवीर चक्र के तमगे की तरह अपने नाम के साथ लटकाते हैं तो वह कितने घंटे जेल में रहे थे। मैं और मेरे कई साथी भी कर्मचारियों की हड़ताल में जेल गए थे। हड़ताल टूटने पर जब हम लोग ड्यूटी ज्वाइन करने गए थे, हमसे माफीनामे पर दस्तखत कराए गए थे कि भविष्य में हम गैर-कानूनी हड़ताल से दूर रहेंगे। विप्लव को अपनी मूंछ नीची हो जाने से इस माफीनामे पर दस्तखत करने से झिझक थी। तब विप्लव वाले माफीनामे पर मैंने इनके दस्तखत बना दिए थे। दीगर जिलों में ट्रांसफर किए गए कई कर्मचारियों की वापसी हो सकती थी, लेकिन इस विप्लव की शर्त थी कि वापसी होगी तो एक साथ सभी की। इस विप्लव को हमेशा अपनी छवि चमकाने की चिंता रही, साथी कर्मचारियों के दुःख-दर्द की नहीं। मेरे पीछे बीमारी में मेरा बेटा जाता रहा। यह विप्लव धूर्तराज है। बिग फ्राड है, बिग फ्राड।" उस तगड़े जिस्म के व्यक्ति को, उत्तेजना में जिसके चेहरे की सारी नसें तपा तार बन गई थीं, कुछ लोगों ने पकड़कर बैठा दिया था। नारायण स्वामी ने माना कि उसके वहां इस तरह से बमकने में विप्लव जी ने उनकी भी साजिश समझी होगी। अपने एक काम से जिलाधीश के कार्यालय जाने पर उनका इस कर्मचारी से परिचय हुआ था।

आगंतुक का मोबाइल बजा। वह तुरंत जुड़ गया, "बोधिसत्त्व जी, यह आप...आप बोल रहे हैं? हां, मैं स्वामी के मकान पर हूं। देर इसलिए हुई कि कार में कोई खराबी आ गई। वापस आई नहीं। क्या कहा? मैं वापस आ जाऊं? काम होना नहीं है? विप्लव जी ने आत्महत्या कर ली? यह सच है? किसी पुरस्कार की खबर विप्लव जी ने सुनी। वह जहां थे वहीं से डी. एम. कंपाउंड

गए और क्वार्टर की ऊपरी छत पर चढ़कर नीचे कूद गए। यह सच है? उसी क्वार्टर की छत से जिसमें उनकी पत्नी ने आत्महत्या की थी। यह तो वैसा ही हुआ जैसा फिल्मों में घटता है।"

आगंतुक ने कुरसी पर जड़ बैठे नारायण स्वामी की ओर देखा, "आपने ईश्वर का ध्यान किया। आपका भाग्य जाग गया। आपके प्राण बच गए। टी. वी. आपने खोला नहीं था। अब खोल लीजिएगा। किसी और भी लाभ की खबर सुनने को मिलेगी।"

आगंतुक के जाने के बाद नारायण स्वामी ने टी. वी. खोला। समाचार की बुलेटिन निपट चुकी थी। उन्होंने मोबाइल की मिस्ड काल खोली। दिल्ली से उनके साहित्यिक अवदान के लिए उनको ढाई लाख राशि का एक प्रतिष्ठित सम्मान दिए जाने की घोषणा की सूचना थी।

'कथाक्रम', अप्रैल, 2013

आल इज नॉट वेल

कई पुराने के साथ कई नए कथाकारों का नाम लेकर एक साफगो ने टिप्पणी की थी कि इन महानुभावों की रचनाओं को पढ़ते हुए नींद आने लगती है। अच्छी कथाकृति वह है जो नींद की बेला में भी पाठक को नींद से बदर कर उससे अपने को दत्तचित्त पढ़वा ले। यही नहीं, पढ़ने वाले की सोच-समझ को भी मांजे, परिष्कृत करे।

उसने थ्री इडियट्स फिल्म कई बार देखी थी। उसका थीम सांग 'जब लाइफ हो आउट ऑफ कंट्रोल, होंठों को करके गोल, सीटी बजाके बोल, भैया आल इज वेल' उसके दिलोदिमाग को मस्त कलंदर बना देता था। उसने उसका फिर एक और उपयोग देखा। उपयोग ने उसमें मजा व चटखारा और भड़का दिया था। कुछ माह पहले एक तीसरे पहर वह अस्पताल में भरती हुए अपने एक संबंधी का हालचाल लेने जा रहा था। अस्पताल वाले तिराहे पर ड्यूटी के सिपाही ने एक गुजरता ट्रक रोक लिया। ड्राइवर को नीचे उतारकर बताया कि सुबह दस से रात दस बजे तक अब उस रोड पर हैवी ट्रैफिक की मनाही है। इसी के साथ पांचों उंगलियां फैलाकर इशारा किया। ड्राइवर के पांच का नोट बढ़ाने पर उसका चेहरा एक भोंड़ी गाली निकालता ऐंठा-बैठा हो गया, "ओबे, होशियारी न छांट, पांच नहीं पचास।" हील-हुज्जत करने पर उसने ड्राइवर की पॉकेट में खुसे पर्स में से पचास का नोट खींच लिया। पिछाड़ी पर बेंत चिपकाकर दुरदुराया, "भाग भूतनी के। जाम लग रहा है।" पास से थ्री इडियट्स का वही वाला गाना 'होठों को करके गोल, सीटी बजाके बोल' हवा में तैरा, लेकिन आल इज वेल की कड़ी नॉट वेल में ढल गई थी, 'आल इज नॉट वेल।' हवा में गाना तैराने वाले इडियट्स की संख्या वहां तीन के बजाय दो थी। उम्र में भी आधे, एक बटा तीन थे, आठ-दस साल के छोकरे। दस साल के लड़के की कमीज आगे सीने पर से फटी हुई

थी। जब वह आल इज नॉट वेल पर आता था, पैरों को कुछ बेशी उछाल देता हुआ, तब वहां का फटा हुआ कपड़ा किसी परचम की तरह लहरा उठता था। आठ साला दूसरे इडियट की घुटने तक लटकी नेकर चूतड़ के पास चिथी हुई थी। जब वह भी संगत देता हुआ कुदास भरता, तब चूतड़ पर से परदा उठ आता था। उठा परदा जैसे कहता था–झिझक, शर्म से निजात पाकर ही सच का मुजाहिरा किया जा सकता है। दोनों इडियट की उछल-कूद, भाव-भंगिमा अपनी दिशा में पाकर मुच्छड़ सिपाही को समझते देर नहीं लगी कि नॉट वेल का निशाना वह है, वही। गधे की लटकन बराबर के उन छोकरों को उसने चिकवे के खाल-उधेड़े लटके बकरे के बराबर की गाली दी। गाली की खिंचती लंबाई के बीच वहीं की पटरी के साइकिल, रिक्शे की मरम्मत करने वाले ने उसे वैसी मशक्कत से आराम दिलाने की खातिर कहा, "मुंशी जी, ये हराम की पैदाइश हैं। गाली, खौफ, पिटाई इनके लिए बेअसर हैं। ये सुबह से शाम तक आसपास डोलते रहकर गाने के बोल इस-उस पर चस्पां करते रहते हैं। गाने में ठीक से घुसने के लिए गाने में आए अंग्रेजी लफ्जों के मायने इन मरदूदों ने यहां-वहां से पूछकर जान लिए हैं।" तभी आगे बढ़ता एक तोंदियल किसी चिकनी शय पर पैर पड़ने से रपटा। तोंदियल को तो उसके बगलगीर राही ने गिरने से बचा लिया लेकिन खुद गिर गया। पास में मौजूद उन दोनों इडियट्स ने उछल-कूद के साथ उसी गाने के बोल उछाल दिए, "सीटी बजाके बोल भैया आल इज नॉट वेल, अरे चाचू, आल इज नॉट वेल।" सिपाही की बत्तीसी मूंछ तक फैल गई, "ये हरामुद्दीन मजाक उड़ाने का मौका छोड़ते नहीं हैं। अपने बाप को भी नहीं बख्शेंगे।" साइकिल मिस्त्री ने भी मुस्कान फैलाकर साथ दिया।

एक सप्ताह बाद हैंडबैग की खरीदारी के सिलसिले में, क्योंकि वहां का दुकानदार उसका परिचित था, उसका उधर जाना फिर हुआ था। एक सवारी ने रिक्शे से उतरकर, जो उजरत दी थी, रिक्शे वाले की निगाह में वह गैरवाजिब थी, आधी जितनी। सवारी ने कहा कि वह अकेला प्राणी रिक्शे पर था और ज्यादा दूर से भी नहीं आया है। उसका दिया गया किराया एकदम वाजिब है। हुज्जत किए जाने पर सवारी ने हठधर्मी की वाणी में घोषणा की कि दिए गए पैसों से ज्यादा वह एक अधेला भी देने का नहीं और फौरन अपनी मंजिल वाली गली में धंस गया। दो-चार तमाशबीनों के समझाने पर कि जो मिला वह उसी से संतोष कर ले, रिक्शे वाले ने उन पर भी अपनी नाराजगी छिटक दी

कि सवारी ने सरासर उनकी आंखों के सामने मेहनताने में डंडी मारी है और कोई उसकी तरफ से बोला तक नहीं। गरीब की हिमायत में, आग लगे इस वक्त पर, गरीब भी मसौटा साध लेता है।

वे दोनों इडियट छोकरे, जो कहीं आसपास थे, प्रकट हो चुके थे। वे वैसी ही उछल-कूद व उसी तरह के हाव-भाव के साथ वही गीत उछालने लगे–'जब लाइफ हो आउट ऑफ कंट्रोल, होठों को करके गोल, सीटी बजाके बोल आल इज वेल–नहीं भैया, वेल नहीं, आल इज नॉट वेल, भैया, आल इज नॉट वेल।'

जल्द ही उसका फिर उधर जाने का बानक बना था। रेफ्रिजरेटर का कूलिंग-सिस्टम दोषपूर्ण हो गया था और ठोके, परखे वैसे कारीगर का ठिकाना उधर ही था। कारीगर से बात कर जब वह सड़क पर आया था, एक अधेड़ व्यक्ति खरीदी गई पावरोटी को पालीथीन में लटकाए लिए जा रहा था। लागू कुत्ते ने पीछे से बढ़कर पावरोटी को झपट लिया। जब तक कुत्ता फासला ले ले, अधेड़ ने पास पड़ा ईंट का टुकड़ा मय वजनी गाली के दाग दिया। निशाना सही लगा था। कुत्ता पालीथिन को गिराकर रिरियाने लगा। उसने अपनी चोटिल पिछाड़ी को किनारे पर टिका दिया था। किसी जादू के खेल की तरह या किसी अति आधुनिक हाई टेक्नीक की करामत से पूर्ण इडियट्स के दो संक्षिप्त संस्करण उस सीन में दाखिल हो गए। आज भी वे उसी किस्म के फटे, सीवन छोड़े कपड़े पहने हुए थे। वाकया उन पर खुल चुका था। वे चोटिल कुत्ते के जिस्म पर हाथ फेरते हुए उससे मुखातिब हो गए, "कालू, बोलो आल इज नॉट वेल, नॉट वेल।" कुत्ता रिरियाना छोड़कर मुंह उठाकर भां-भां भख, भां-भां-भख करने लगा। "हां, बोल चाचू, आल इज नॉट वेल, नॉट वेल। भां-भां भख नॉट वेल।"

उन इडियट्स से कुछ बेहतर आर्थिक स्थिति वाला एक हमउम्र लड़का, जो चार अंडे खरीदकर लिए जा रहा था, उसको पूर्व घटित हादसे के एक तमाशबीन ने कुत्ते से चौकन्ना रहने के वास्ते आगाह किया। अंडे पर नजर पड़ते ही वे इडियट्स चालू हो गए, गीत के सही टुकड़े को पकड़कर, "मुर्गी क्या जाने अंडे का क्या होगा, लाइफ मिलेगी या तवे पर फ्राइ होगा।" अंडे वाले हमउम्र ने, जो उस गाने के रगोरेरे तक से वाकिफ था, उत्तर को सस्वर बढ़ाया, "तवे पर फ्राइ होगा, तवे पर फ्राइ होगा।"

वे दोनों मूजी द ग्रेट इडियट्स ठुमकते-थिरकते हुए मुखड़े को लहराने लगे, "...होठों को करके गोल, सीटी बजाके बोल भैया आल इज नॉट वेल,

अरे चाचू, आल इज नॉट वेल।"

वह इन बाल-इडियट्स की लीला बहुत ध्यान, बहुत बारीकी से देखता था और जब तक वह पूरी नहीं हो जाती थी, तब तक, बल्कि दूसरों की प्रतिक्रियाओं से अवगत होने की मंशा से और भी देर तक, रुका रहता था। इस वर्ग के इस उम्र के बच्चे, जिन पर भविष्य की चिंता का बोझ नहीं होता है और जो आने वाले कल, परसों के बजाय आज, अभी को अधिक सहेजते, संजोते हैं, उनके लिए मजाक, छेड़खानी, खिलंदड़ी करना, नकल उतारना, पैरोडी गढ़ना जैसी क्रियाओं को अपने को हरा ताजा रखने के वास्ते माध्यम बनाना अस्वाभाविक नहीं होता है। इस प्रकृति के छोकरों की बुद्धि समय की सिल से घिस, रगड़कर कुछ अधिक शान चढ़ी होती है। उसने इन दो बाल-इडियट्स की ऐसी कारगुजारियों को अपनी डायरी में जगह दी थी। वह उन प्रसंगों, विचारों, मंतव्यों, अभिकथनों को अपनी डायरी में टीप लेता था जो उसके दिलोदिमाग को गहरे में छू, उसे छेड़ देते थे। उसकी यह भी आदत थी कि डेढ़-दो माह के अंतराल से वह अपनी डायरी को पढ़ता था। यह पढ़ना किसी पसंदीदा व सेहतमंद पुस्तक से बार-बार जुड़ना जैसा होता था।

डायरी में इस शेर ने भी स्थान पाया था-'वादा-ए-नादानी के वख्ते मर्ग यह साबित हुआ, ख्वाब था जो कुछ भी देखा, जो सुना अफसाना था।' उसने जब इसे अंकित किया था तब भी लगा था कि शेर में महीन तराश है, ऊपरी परत के अलावा भीतरी परत पर भी अर्थ सक्रिय हैं, कुछ अधिक स्पंदनशीलता लिए हुए। उम्दा शायरी का एक जरूरी घटक उसका अंदाजेबयां भी है।

उस दिन डायरी को पढ़ते हुए वह इस शेर पर भी टिका, ठहरा था।

ठीक दस बजे धनेश कुमार घर आ गया था। बीती शाम ही धनेश ने यह समय पक्का कर लिया था। धनेश रिक्शा लेकर आया था। वे दोनों रिक्शे पर बैठकर नगर विधायक के जनसेवा कुटीर जा रहे थे। इस कुटीर को विधायक जी ने अपने आवास से अलग जनता-जर्नादन से मिलने, उसकी परेशानियां, समस्याओं को सुनने-जानने के लिए बनवाया था। वह नगर में अपने ठहराव पर सुबह दस से अपराह्न दो बजे तक वहां हाजिर रहते थे। यों तो काम था धनेश कुमार का, उसने इसलिए उसको साथ लिया था कि उसकी हिम्मत बनी रहेगी और उसने साथ इसलिए दिया था कि उसे कुछ और नया जानने को मिलेगा। जानना ज्ञान है। बौद्धिक संपदा है। वे कुटीर पहुंच गए थे। कुटीर को नामानुरूप शक्ल देने के लिए अगल-बगल अनेक वृक्ष लगाए गए थे।

वानस्पतिक स्पर्श दिया गया था।

बरामदे में बीस-पच्चीस मुलाकाती थे जिनमें से कुछ अपनी जड़ हो चुकी आदत के तहत खड़े या फर्श पर बैठे थे। एक बेंच पर वे दोनों टिक गए। मझोले कद और मझोली आयु का एक व्यक्ति, जिसके दांत होंठों से बाहर निकले थे, उनकी ओर बढ़ आया। पूछा, "विधायक जी से आप दोनों सज्जनों का काम है?" उसने जब धनेश कुमार की ओर इशारा कर बताया कि काम इनका है, वह महज संगी है, उस व्यक्ति ने धनेश कुमार से पचास रुपए देने को कहा कि यह पैसा वहां मुलाकातियों की सहूलियत के वास्ते लिया जाता है। दो और मुलाकातियों के आ जाने पर उसने उनसे भी वही पूछा था और यह जानकर कि सिर्फ एक का ही काम है, उसने सिर्फ एक से ही रुपए लिए थे। कथन में इस बार यह लपेटन थी, "यहां का यह उसूल है, सिर्फ काम वाले फरियादी से ही इस मद में निश्चित पैसा लिया जाए, किसी दीगर से नहीं।"

अंदर गया मुलाकाती बड़बड़ करता बाहर आ गया, "विधायक जी हैं नहीं। ख्वाहमख्वाह दो घंटे से बैठाए रखा।" कुछ ही देर बाद एक और मुलाकाती वैसा ही असंतोष छलकाता बाहर आ गया, "विधायक जी पहले अपने कमरे में मौजूद थे, फिर पीछे के रास्ते से चले गए।"

उन मुलाकातियों के कुटीर के परिदृश्य से अदृश्य हो जाने पर, होंठों से बाहर निकले दांत वाले व्यक्ति ने हाथ फैलाकर प्रतीक्षारत मुलाकतियों को ढाढ़स बंधाया, "यह हनुमान रूपी दूत जानता है कि विधायक जी कहीं गए नहीं। अपने वाले कमरे में हैं। विधायक जी के पी. ए. जी को उन दोनों मुलाकातियों ने अपनी कमअक्ली से नाराज कर दिया होगा। वे इसीलिए टरका दिए गए।"

तीन-चार और भी मुलाकाती आ गए थे। बाहर निकले दांत वाले ने इन नए मुलाकातियों से भी 'तेरा तुझको अर्पण क्या लागे मेरा' वाले भाव से पचास-पचास रुपए वसूल लिए थे। पहले से प्राप्त रुपए उसके हाथ में थे ही। इनको जब उसने अपनी टोपी में खिसकाया, खिसकाना असंयमित हो जाने से टोपी अलग हो गई और ढेर-सारे नोट फर्श पर आ गिरे। उसने वहां हवा फेंक रहे पंखे का स्विच ऑफ किया और उन बिखरे नोटों को फुर्ती से समेट लिया। समेटे गए नोटों को टोपी में व्यवस्था देकर टोपी वापस सिर पर कसकर बैठा ली। उसने चेहरे पर आई झिझक, हया, शर्म जैसे भावों पर मोटी मुस्कान का

परदा खींच लिया, "लक्ष्मी मैया बड़ी चंचल होती हैं। जरा सी भूल-चूक हुई नहीं कि प्रस्थान।"

धनेश कुमार का अंदर जाने का नंबर आ गया। वह भी भीतर हो लिया। श्यामवर्णी चिक्कण चकले चेहरे वाले विधायक जी के पी. ए. ने उनसे काम की बाबत पूछा। धनेश कुमार दस-पांच शब्दों के बाद हकलाने लगा। वैसे धनेश कुमार लंबी बातचीत में दो-चार बार ही अटकता-घिसटता था और वह भी पल, दो पल के लिए, लेकिन जब किसी बड़ी हैसियतदार जगह या किसी तोप जैसी शख्सियत से ताल्लुक पड़ता था तो शब्दों का अटकना-घिसटना बेकाबू हो जाता था। देह भी पसीजने लगती थी। काम संबंधी जानकारी का जिम्मा तब उसने संभाल लिया। बताया कि धनेश कुमार श्रम निदेशालय में नियुक्त हैं। तैनाती कानपुर में है। बीस वर्षों से सेवारत हैं और एक कुशल व निष्ठावान कर्मचारी हैं। इनके सर्विस रिकॉर्ड पर एक भी दाग-धब्बा नहीं है। दो साल पहले ही इनको इंस्पेक्टर के पद पर प्रोमोशन मिल जाना चाहिए था। बावजूद प्रार्थना-पत्र व दो-तीन स्मरण-पत्र दे चुकने पर भी डायरेक्टर इनके प्रोमोशन पर खामोशी साधे हुए है।

"भाईसाहब का केस तो विकलांगता के आधार पर और भी मजबूत है," पी. ए. चौड़ी हंसी हंसा। विकलांगता की परोक्ष सुई हकलाहट पर थी।

विधायक जी के कक्ष में जाने का इशारा किए जाने पर जब वह उठा तब पी. ए. के अधर फिर ज्यादा चौड़े हो गए, "आपका ही मिलना सही होगा। भाई साहब तो अपने कहे को संभाल नहीं पाएंगे।"

अंदर के कक्ष में राष्ट्रपिता गांधी जी के चित्र के ठीक नीचे एक डीलक्स आरामदेह कुरसी पर एक बाहुबली कायाधारी व्यक्ति विराजमान था। जब तक वह सामने पड़ी एक सामान्य कुरसी पर टिककर अपनी बात शुरू करे विधायक जी का मोबाइल बजने लगा और वह किसी अप्रत्यक्ष व्यक्ति से हंसकर, ठहाका लगाते हुए बातें करने लगे। जब आठ-दस मिनट गुजर जाने पर भी फोन पर बतरस जारी रहा, वह पी. ए. के कमरे में उठ आया और उस स्थिति को बता दिया। कुछ देर बाद इशारा होने पर वह फिर अंदर आया। मोबाइल फिर सक्रिय हो गया और बतरस की धारा फिर बहने लगी। इस बार अप्रत्यक्ष परम व्यक्ति अन्य था। धारा का प्रवाह रहने पर वह फिर वापस आ गया। तीसरी बार अंदर जाने पर उसने फोन प्रेत के पुनः संकटमय बनने की आशंका से काम की जानकारी जल्द-जल्द दे दी। इस जानकारी में यह

जानकारी देना न भूला कि धनेश कुमार स्वर्गीय स्वतंत्रता सेनानी माखनलाल भारतीय का पुत्र है।

"आप बाहर वर्मा जी को काम के बारे में नोट करा दीजिए। वर्मा जी से हफ्ता-दस दिन के वक्फे से मिलते रहिएगा। काम की प्रगति के बारे में सुनने को शीघ्र मिल सकता है।"

वह बाहर आ गया। वर्मा जी यानी पी. ए. के सिर पर अचानक छिपकली आ टपकी। पी. ए. ने हड़बड़ाकर अपनी टोपी अलग की। लगा बंडी पर भी सरसराहट है। बंडी को झिटकने के साथ पी. ए. ने उस बला से मुक्ति की सुनिश्चितता के लिए अपने कुर्ते को भी झाड़ा, फटफटाया। टोपी, बंडी, कुर्ते में से पीले-लाल रंग के पांच सौ, हजार के नोट बड़ी संख्या में बाहर आ झरे। पी. ए. ने भी सीलिंग फैन ऑफ कर उन नोटों को तुरंत बीना, काबिजाया।

कुटीर से बाहर निकलकर धनेश कुमार ने बताया कि जब वह विधायक जी के कमरे में थे, पी. ए. ने पार्टी फंड के लिए चंदे की मांग की। उसके पांच सौ का नोट देने पर कहा कि यह कम है। नाम धनेश कुमार का संदर्भ देकर कि वह तो कुबेर-पुत्र है, उससे हजार का नोट और ले लिया।

वे अब सोमवंशी जी की कोठी की ओर चल दिए जो थोड़े ही फासले पर थी। धनेश कुमार का मानना था कि सोमवंशी जी से भी मिल लेना ठीक रहेगा। एक की सिफारिश में अगर ढील होती है तो दूसरे की सिफारिश उस कमी को दूर कर सकती है। सोमवंशी जी दूसरी पार्टी से ताल्लुक रखते थे। दूसरी पार्टी जब प्रदेश की सत्ता में थी, तब वह स्वतंत्र प्रभार स्तर के राज्यमंत्री थे। विगत चुनाव में उनकी पार्टी तो हारी ही, उन्होंने भी अपनी सीट गंवा दी थी। बावजूद इसके, उनके प्रभामंडल में अब भी तेज ताप था, दोपहर के सूर्य जितना न होकर भी तीसरे पहर के सूर्य से कम नहीं। धनेश कुमार के अनुसार वर्तमान श्रममंत्री से उनके गाढ़े राजनीतिक संबंधों के अलावा खानदानी संबंध भी हैं।

सोमवंशी जी की कोठी पर भी भीड़ कम नहीं थी। वहां बरामदे में घनी भौंहें और चपटी नाक वाला जो व्यक्ति मौजूद था, वह भी काम वाले मुलाकातियों से सुविधा, सहूलियत मुहैया कराने के व्यय की मद में पैसे ले रहा था और उस शुल्क की दर वही पचास रुपए थी। जब वह एक मुलाकाती से पूछताछ करता हुआ कनपटी के पास उछली चुनचुनाहट को निबटाने लगा, अंगुलियों की अनियंत्रणता ने टोपी अलग कर दी। अलग हुई इस टोपी ने भी नोटों की बौछार की।

पूर्व मंत्री से सामान्य मुलाकाती की मुलाकात चार-पांच मिनट में निपट जाती थी। रेशमी कुर्ता व अंगुलियों में कीमती नग जड़ी अंगूठीधारी अंदर जाने पर जैसे वहां जम गया था। पूरे आधा घंटे बाद ही वह बाहर निकला, प्रफुल्लता चुआता हुआ। बारी आने पर धनेश कुमार स्वर्गीय स्वतंत्रता सेनानी माखनलाल भारतीय का पुत्र है, पूर्व मंत्री ने इस जानकारी पर बिना प्रतिक्रिया प्रकट किए हुए पूछा, "यह पद अनुसूचित जाति या जनजाति वर्ग के लिए आरक्षित तो नहीं है?"

"सामान्य वर्ग के कर्मचारी की ही इस पर पदोन्नति होनी है।"

"मुझे आपके मित्र के काम की याद रहेगी। फिर भी आप बाहर मेरे सेक्रेटरी को बोल दें कि जब कभी मेरा लखनऊ जाना हो, मुझे श्रम मंत्री सहाय जी से इस प्रकरण पर बात करने का स्मरण करा दें।"

सेक्रेटरी किसी गिर गए कागज को उठाने के लिए झुका। कुरसी का संतुलन ऐसा गड़बड़ाया कि वह अधगिरा हो गया। उसकी टोपी अलग हो गई। टोपी दूसरे रंग की थी, पर उसने भी नोटों की वर्षा करने में कोताही नहीं बरती। मेज पर इसी रंग के कपड़े से ढका पात्र भी मेज के डगमगा जाने से औंधे मुंह हो गया था। पात्र ने ए. टी. एम. मशीन की भांति पीले, लाल रंग के बड़े नोटों को उगल दिया।

कोठी से बाहर आकर धनेश कुमार ने बताया कि सेक्रेटरी की मेज पर रखे दान-पात्र में उसे हजार-हजार के दो नोट डालने पड़े थे। पूर्व मंत्री जी की नगर में एक ऐसा महाविद्यालय खोलने की योजना है जिसमें वाणिज्य, कानून, प्रबंधन के विषयों को भी पढ़ाने की समुचित व्यवस्था हो। इन विषयों की पढ़ाई के वास्ते विद्यार्थियों को दूसरे जिलों में भागना पड़ता है।

"भैया जी, यह जरूर है कि मैं ऊंची जगहों व बड़े लोगों से बात करते हुए औसान खोने लगता हूं, पर आज के वक्त के आचरण व उसकी टेढ़ी-तिरछी चालों को जानने की समझ के मामले में फिसड्डी नहीं हूं। मैं घर से रुपए डालकर चला था।" धनेश कुमार ने यह भी बता डाला।

पास कहीं थ्री इडियट्स फिल्म वाला थीम सांग बज रहा था 'होठों को करके गोल, सीटी बजा के बोल, आल इज वेल।' उसके कानों में उन दो फटे, उधड़े कपड़े वाले छोकरों के सही किए हुए बोल सुनाई देने लगे, "आल इज नॉट वेल, अरे चाचू नॉट वेल...अंडे को लाइफ नहीं मिलेगी, नहीं मिलेगी, तवे पर फ्राइ होगा...।"

बेटे पवन से खबर आई थी कि उसने अपने मकान की ऊपरी मंजिल पर जो चार वर्ष पहले कमरा बनवाया था, उसको कॉरपोरेशन ने अवैध निर्माण करार देकर ढहाने का नोटिस दिया है। वह अपने जनपद से निर्वाचित सांसद रघुनाथ प्रसाद जी से मिलने दिल्ली उनके साउथ एवन्यू वाले फ्लैट पर गया था। सांसद उस पार्टी के थे जिसके नेता व कार्यकर्ता गले में हरी, पीली, गुलाबी धारी वाला पटका डालते हैं। सांसद महोदय के चौड़े भाल पर चंदन का गोल तिलक लगा हुआ था। तिकोने चेहरे पर मंद मुस्कान का लेप था। उसकी बात सुनकर कि बेटे ने निर्माण संबंधी नक्शा कॉरपोरेशन बोर्ड में दाखिल कर स्वीकृत करा लिया था और स्वीकृति के बाद ही निर्माण कराया था, लेकिन इतने साल बाद कॉरपोरेशन कह रहा है कि स्वीकृति देने वाला कर्मचारी उस कार्य के लिए अधिकृत था ही नहीं, सांसद महोदय मृदुल, मधुर स्वर में बोले, "अनधिकृत व्यक्ति द्वारा स्वीकृति देना कानूनी दृष्टि से वैध नहीं है।"

"मान्यवर जी, इसके लिए बेटे को तो दोषी नहीं ठहराया जाना चाहिए। कॉरपोरेशन ने नक्शा स्वीकृत करने की पॉवर किसको दे रखी है, किसको नहीं, बेटा या कोई दूसरा कैसे जान सकता है?"

"आपका कहना भी सही है।"

"मेरे बेटे के पचास हजार रुपए इस निर्माण में खर्च हुए थे।"

"राजधानी में हजारों की संख्या में हर वर्ष अवैध निर्माण होते हैं और बने रहते हैं। प्रशासन का इन पर ध्यान नहीं जाता है।"

"मेरे बेटे के एक बिजनेस प्रतिद्वंद्वी ने बेटे को नुकसान पहुंचाने की नीयत से गुमनाम शिकायत भेजी थी।"

सांसद महोदय के मुख पर मुस्कान का लेप चटक हो गया, "इधर देश के नागरिकों में जो चारित्रिक गिरावट आई है और मानवीय मूल्यों का ह्रास हुआ है तथा हर ओर अनैतिकता का पसार हुआ है, इसका मुख्य कारण धर्मग्रंथों व संतों, महापुरुषों की सीखों से हमारा दूर हो जाना है, बल्कि कहा जाए कि मॉडर्निज्म के नाम पर हमको दूर कर देना है। स्कूलों, कॉलेजों के पाठ्यक्रम में धार्मिक शिक्षा, भारतीय संस्कृति सम्मिलित होना अति आवश्यक है। हमारी पार्टी इसी धारणा की है।" उसकी ओर दृष्टि ठहराई, "आपके बेटे के साथ अन्याय न हो, मैं अवश्य प्रयास करूंगा।" यह भी जानकारी सरका दी कि वह कैंसर के जानलेवा रोग के इलाज के लिए एक पूर्ण सुविधासंपन्न अस्पताल खोलेंगे।

वैसा ही यहां भी घट गया। सांसद महोदय के सचिव जी और सहायक जी, जिन्होंने हरे, पीले, गुलाबी धारीदार पटका डाल रखे थे, उनके फूले हुए छोर की गांठ एक या दूसरे कारण से खुल गई और नोटों ने खरखर कर झरना शुरू कर दिया।

वह अपने नगर में था। वापस आ चुका था। तीसरा पहर था। अपनी बाहरी बैठक में बैठा हुआ था। बहुत मामूली शक्ल और बहुत मामूली सी सज-धज वाला एक शख्स बैठक के आगे रुक गया। नमस्ते कर बोला, "आपका थोड़ा समय लूंगा। काम है।" उसने अपने कुर्ते के नीचे खुंसी बैगनुमा थैली में से एक सुनहरा सिक्का निकालकर दिखाया, "बाबू साब, ई सोने का है? असली?"

उसने सिक्के को उलट-पलट कर देखा, "यह गिन्नी है, सावरन, इंग्लैंड की मोहर।"

शख्स ने फिर सफेद रंग का एक बड़े आकार का सिक्का सामने रख दिया, "बाबू साब, और ई?"

उसने उसे कई बार उलटा-पलटा, "यह डॉलर है, कैनेडियन डॉलर का सिक्का। कैनेडा विदेशी मुल्क है, पैसे वाला।"

उसने तब भिन्न रंग व शेड्स के छह नोट थैली में से निकालकर आगे बढ़ा दिए, "बाबू साब, और ई?"

उसने उनमें मुद्रित अंकन को गौर से पढ़ा, "यह अमेरिकन करेंसी है। दो नोट हजार डालर वाले हैं और बाकी चार नोट पांच-पांच सौ डालर के।"

"असली हैं?"

"असली ही मालूम हो रहे हैं। पर यह सब तुम्हारे पास आए कहां से? कैसे पा गए?"

उसने सारी मुद्रा थैली में रखकर वैसे ही कुर्ते के नीचे खोंस ली। फिर सिर घुमाकर इधर-उधर देखा। स्वर गिराकर बोला, "बाबू साब, आपसे छिपाऊंगा नहीं। कुछ मानुख दस-पांच बार की दुआ-सलाम के बाद ही लगने लगता है ई अपने हैं। उनके आगे बड़े से बड़ा सच बोला जा सकता है।" इस भूमिका के बाद बहुत मामूली से शख्स ने बताया कि वह सुबह भुरारे अध्यक्ष जी वाली गली से गुजर रहा था। उसने देखा कि एक ताजी हगान को एक सूअर चट कर रहा है। हगान में एक पीली चीज चमकी है। उसने सूअर को हुंकार दिया। बहुत करीब जाकर पाया कि वह पीली चीज गोल सिक्का जैसी है। लकड़ी की डंडी से अलग कर जब मोरी के पानी से साफ किया

तो लगा यह सोने की मोहर हो सकती है। अगले भुरारे वह गली में उसी ठीये पर फिर गया। अध्यक्ष जी का नौकर अध्यक्ष जी के छोरे को हगान कराकर वापस ले गया था। हगान के छिदर-बिदर करने पर उस मर्तबा उसे डॉलर वाला सिक्का मिला। अगले दिन की हगान में महीन झिल्ली में लिपटे नोट थे।

"उसके बाद कुछ और मिला?"

"नौकर से जानकारी मिली कि उसी संझा को हगास लगने पर जब छोकरा घर के बाहर फिर बैठाया गया तो कुत्ते के पिल्ले ने छोकरा को काट लिया। छोकरा अब घर के अंदर ही दो गुम्मों पर पैर टिकाकर हगता है और हगान को टैंक से जुड़े पाट में डाल दिया जाता है। बाबू साब, अध्यक्ष जी का वो छोरा गुम दिमाग का है।"

"छोरे के चूतड़ आखिर कितने बड़े हैं जो वह सिक्कों, नोटों की निकासी आसानी से कर देता है?"

"हाथी के बच्चे जितने तो चूतड़ हैं ही। छोरे के पिता अध्यक्ष जी का डील भी छोटे-मोटे हाथी वाला है।" चूतड़ की पैमाइश जानने का सवाल करते हुए उसके चेहरे पर जैसी खुली हुई मुस्कान थी, आए शख्स के चेहरे पर पैमाइश जताने वाला जवाब देते हुए वैसी ही खुली मुस्कान थी। जवाब में यह भी शामिल हो गया कि अध्यक्ष जी का मकान गली में इसलिए है कि उस हलके के सूअर, कुत्ते, जानवरों के वोटों पर हक उनका हो जाता है, मतलब कि उस जैसे उधर के रहवासियों के वोटों पर।

"बाबू साब, समय देने के लिए बहुत-बहुत शुक्रिया। अभी हाथ लगे गिन्नी, डॉलरों को पास में ही रोके रखूंगा। इनको बेचने से पहले आपसे राय-मशविरा...!"

"अभी तक जनाब उठे नहीं? कमाल है। बेड-टी रख गई थी। पानी जैसी ठंडी हो गई। फिर से गर्म करनी पड़ेगी। बाबा, बिस्तर अब छोड़ दो।" पत्नी ने उसे जगा दिया था।

"मैं सपना देख रहा था। बहुत ही मजेदार था।"

"कलम घिसने वाले सपने देखते हैं, बस। दिन में भी। उनके लिए सपना ही दुनिया है।"

पत्नी चाय गर्म कर प्याला रख गई थी। दुबारा चाय पीना हो तो अपने आप बना लेना। मुझे निपटना है।

उसने कप खाली कर मित्र को फोन मिलाया।

"इतनी सुबह बात कर रहा है। क्या लखटकिया, पंचलखटकिया कोई पुरस्कार तेरे हिस्से में आ गिरा है?"

"मैंने एक बहुत मजेदार सपना देखा है। तुम जैसे जिगरी दोस्त को उसमें शरीक करना चाहता हूं। जरा कान, पूंछ सीधे रखकर सुनना।" वह अपने इस करीबी दोस्त को सपने की हर कड़ी मय मांस-मज्जा के सुनाने लगा। उसका फोन उस स्कीम वाला था जिसमें असीमित लोकल कॉल्स की सुविधा थी।

दोस्त सुनता हुआ अपने वाले सिरे पर चहक रहा था, "टोपी में से नोटों की बरसा हुई? ...खूब...तू दूसरे राजनेता के यहां भी पहुंच गया। वहां भी उसकी पार्टी के रंग वाली टोपी में से बरसा होती देखी। मूर्ख, खूब जता रहा है। तू फिर देश की कैपिटल दिल्ली पहुंच गया और वहां गले में रंगीन धारीदार पटका डालने वाले राजनेता के कारकूनों के पटकों से नोटों की बरसा होते देखी। धारीदारी पटकावाली पार्टी की पहचान मेरे आगे खुल गई है। ...क्या बताया? फिर तेरे अपने मोहल्ले के अध्यक्ष जी के पगलैट बेटे के चूतड़ में से विदेशी मुद्रा बाहर आ विराजी। बेटे का चूतड़ अध्यक्ष जी की पार्टी वाली टोपी माना टोपी नहीं, टोपा।" फोन पर दोस्त की हंसी दूर तक फैली, "सच में तेरा यह सपना बहुत मजेदार, नहीं बहुत धांसू है।" फोन की हंसी फिर फैली। हंसी गंभीर हो गई, "तू इधर-उधर के प्रसंगों, वाकयों को जोड़-जाड़कर अभी तक कहानी गढ़ता था। सपने ने तुझे एक बनी-बनाई अपने में मुकम्मल कहानी पकड़ा दी है। कागज पर उतारने की बस मशक्कत करनी है। कर ले। शाया होने के लिए इसे रवाना कर दे।" अल्प विराम के बाद स्वर आगे बढ़ा, "साहित्य में मैं भी थोड़ा-बहुत दखल रखता हूं। पुत्तर, यह फेंटेसी है। फेंटेसी यों ऊलजलूल किस्म की स्क्रिप्ट है, किंतु ऐसी होते हुए भी यह समय की सच्चाई बयान करती है, निचली परतों तक को उघाड़ती हुई। बस स्क्रिप्ट को डीकोड करना होता है। फेंटेसी उपहास के मुखौटे में समाज, व्यवस्था तंत्र व समय के भयावह सच का हाहाकार है। शाम को आने पर मिलूंगा।"

समाचार-पत्र आ गया था। दो दिन पहले शहर के पेट्रोल पंपों व कई एकड़ में फैले जिस फॉर्म हाउस के मालिक के यहां छापा पड़ा था, उसको लेकर खबर थी, "मित्तल जी के यहां छापे में हवाला के जरिए विदेशी बैंकों में काला धन जमा होने का कोई सबूत नहीं मिला। शिकायत निराधार थी। संबंधित अधिकारियों ने गलतफहमी में किए गए छापे के लिए खेद प्रकट किया है।"

'नया ज्ञानोदय', जून, 2013

सलाम हुजूर

अब इस समय अहाते में कुछ ही लोग थे, या तो वे जिनको अपनी तारीख पेशी आदि के बारे में अभी पता न लगा था, या वे जिनके काम अभी-अभी ही निबटे थे, या फिर वहां के पेशों से संबंधित बचे लोग, मसलन, वकील, मोहर्रिर, दलाल, अर्जीनवीस आदि। छोटे न्यायाधीश ने अदालत उठने से कुछ ही पहले जो हुक्म सुनाया था, उससे वातावरण में कुछ सनसनी-सी फैल गई थी। धारा 412 भारतीय दंड संहिता का मुकदमा था। डकैती में गया माल घर से बरामद हुआ था। पति फंसा था और पत्नी। जमानत हो चुकी थी इसलिए मुकदमे में सुनवाई करीब दो साल बाद पड़ी थी। इस बीच पति मर गया था। कठघरे में अभियुक्त के रूप में केवल पत्नी को खड़ा होना चाहिए था, पर साथ में उसका बच्चा भी था, जिसकी उम्र पांच-छह वर्ष की रही होगी। इस बच्चे ने मुकदमे की सुनवाई में कुछ दिलचस्पी ला दी थी, इस मायने में कि कठघरे में रहकर उसे जिस संजीदगी से रहना और व्यवहार करना चाहिए, वह उससे दूर था। वह कठघरे में फंसी छड़ों को पकड़कर लटकने लगता था, मां से कुछ अजीब से सवाल करने लगता था या जोर-जोर से गाता था। ऐसी हरकत पर अदालत का चपरासी या वहां खड़ा सिपाही उसे खामोश रहने के लिए झिड़क देता था और झिड़कते हुए इस असामान्य स्थितिवश उनके बेरौनक चेहरों पर अनायास मुस्कराहट उभर आती थी। बच्चे के चेहरे पर बड़ी-बड़ी साफ आंखों ने कोमलता बिखरा रखी थी और वे कभी-कभी इतनी बड़ी दीखती थीं जैसे चेहरे पर केवल आंखें ही हों। और इसी मुकदमे में आज छोटे न्यायाधीश ने अपराध सिद्ध पाते हुए दो वर्ष की कठोर कैद की सजा दी थी। औरत जब अदालत के कमरे के बाहर लाई गई तो रोने लगी थी। उसको रोते देखकर बच्चा भी रोने लगा था, पर बच्चा शीघ्र ही चुप हो गया था और सिपाहियों की लाल पगड़ियों, नाल ठुके जूतों, सुतली की बनी हुई

सफेद रस्सी आदि में दिलचस्पी लेने लगा था।

लोग बाग आपस में बातें करने लगे थे कि यार, इस बच्चे का क्या होगा, कि मां के साथ यह भी जेल में रहेगा? इसकी उम्र छह साल से कम है और घर पर इसको संभालने वाला कोई नहीं है, कि जेल में मां की सजा में इसके भी दिन क्या जोड़े जाएंगे? मजा तो देखो, इसका कोई जुर्म नहीं, पर यह भी जेल में रहेगा।

अब वहां अहाते में कोई नहीं था। अलबत्ता जमीन पर जगह-ब-जगह मूंगफली और केले के छिलके, बीड़ी-सिगरेट के टुर्रे, पान और तंबाकू की पीकें, अखबार और कागज के मुचड़े-फटे टुकड़े, जूठे दोने और लथड़े पत्ते बिखरे थे। सन्नाटे ने न्यायालय की उस कुबड़ी-सी इमारत को एक अजीब-सी संजीदगी और रूखापन दे दिया था। दीवारों का हलका सुरमई रंग और भी बुझा-बुझा दीखता था। इमारत में दिन के समय भले ही कोई तरतीब दीखती हो, पर इस वक्त अलग-अलग कमरे एक-दूसरे से बिलकुल टूटे हुए लग रहे थे। सामने बगीचे में भी कोई तरतीब नहीं रही थी। नींबू के बूटे फूलों के पौधों के बीच बहुत ऊंचे दीख रहे थे। मेहंदी की बाड़ एक ओर से बिलकुल टूटी हुई थी। दाएं कोने पर फाटक के पास एक ऊंचा पीपल का बूढ़ा दरख्त खड़ा था और उसके साए में ही गुलमोहर का एक नौउम्र बूटा लगा था और दोनों में एक अजीब-सी विसंगति दिखाई दे रही थी।

इमारत के अंदर कमरों में भी सूनापन भर चुका था। दफ्तर का समय समाप्त हो जाने के बाद भी देर तक बैठने वाले बाबू लोग जा चुके थे, बचे काम को घर पर निबटाने के लिए मिसलों के बस्ते ले-लेकर।

दक्षिणी बाजू में बड़े न्यायाधीश की अदालत का कमरा था और खुला था। उसमें सफाई भी शायद हो चुकी थी। न्यायालय का मेहतर शाम को ही सफाई का काम शुरू कर देता था। एक तो सुबह समय भी कम मिलता था, दूसरे वह उम्र में कुछ बड़ा और बीमार था और सफाई का काफी काम इस समय ही निबटा देने में उसे सुविधा और निश्िंचतता रहती थी।

अदालत के उस बड़े कमरे में एक लड़का घुस आया। वह छह-सात साल का होगा। वह एक ढीली-ढाली तंबाकू रंग की कमीज पहने था, जो उसके नीचे के नंगेपन को भी किसी कदर ढक रही थी। वह मेहतर का ही लड़का था, जो पीछे बने क्वार्टर में रहता था और बाप की तलाश में आया था, यों ही बिना किसी विशेष प्रयोजन के। मगर उसका बाप कमरे में नहीं था और सफाई करने वह दूसरे कमरे में जा चुका था।

लड़का अदालत के कमरे में कुछ देर खड़ा रहा। वह पीछे के दरवाजे से आया था, जो मंच पर खुलता था। वहां फैले एकांत ने जैसे उसमें निरीक्षण शक्ति जगा दी थी और वह एक-एक चीज को यों ताकने लगा था, जैसे पहले-पहल ही वे उसके सामने आई हों। उसने सामने लगी दीवार-घड़ी पर नजर डाली, उसके हिलते लटकन को ताकता रहा, तारीख के कैलेंडर को देखा, एक हाथ से लकड़ी पकड़े और दूसरे हाथ को फैलाए गांधी जी के चित्र पर आंखें दौड़ाईं, ऊपर लटके ट्यूब और पंखों का निरीक्षण किया। फिर एक ओर रखी टाइप मशीन के पास वह चला गया और उंगलियां मारकर टिप-टाप-टिप-टाप की आवाज निकाली। फिर वह जाकर पेशकार की कुरसी पर बैठ गया जो एक ओर पड़ी थी, उस पर से जल्दी ही उतर आया, क्योंकि मध्य भाग में जो चमड़ा-मढ़ी सिंहासननुमा न्यायाधीश की कुरसी रखी थी, वह बहुत ही आकर्षक थी। वह उस पर चढ़ गया। कायदे से बैठने के लिए जब उसने दोनों पैर नीचे लटका लिए तब पाया कि उसका नंगापन उघड़ आया है। तब उसने मुचड़ गई कमीज को खींचकर नग्नता के ऊपर फैला लिया।

सामने मेज पर एक बड़ा-सा शीशा बिछा था। एक ओर किलिप में दबे कागज रखे थे, पास में पेपरवेट थे, पिन-गद्दी थी, घंटी थी। दूसरी ओर कलमदान में कलम रखे थे, लाल-नीली और काली पेंसिलें थीं, पास में स्पंज का टुकड़ा और चाकू था। लड़का कुरसी पर बैठे-बैठे मेज पर रखी चीजों को ताकने लगा। जब उसने अनुभव किया कि वह उस स्थिति में मेज पर रखी चीजों को नहीं पा सकता है तो वह कुरसी पर खड़ा हो गया। अब वह हाथ फैलाकर मेज की चीजों को छू और छेड़ सकता था। सबसे पहले उसने लाल-नीली पेंसिल उठा ली और किलिप में दबे कागज पर आड़ी-तिरछी रेखाएं खींचने लगा। फिर उसने एक पेपरवेट उठा लिया और उसके अंदर बने रंगीन फूलों को लौट-पौट कर देखने लगा। फिर उसने घंटी पर हाथ रखा। घंटी बज उठी—क्रिर्र-किर्र्। उसमें उसे कुछ ज्यादा रस मिला और उस क्रिया को उसने कई बार दोहराया।

रैक से किताब निकालते हुए वजनी होने के कारण किताब गिर गई। उसने उसे खोल डाला। पर चूंकि भारतीय दंड संहिता की उस पुस्तक में आशा के प्रतिकूल उसे कोई चित्र नहीं मिला, उसने उसे जल्द ही छोड़ दिया।

एक महीन नाजुक आवाज उस कमरे में गूंज रही थी—टिक्-टक्-टिक्-टक्। घड़ी अगर निचाई पर होती तो वह उसे भी जरूर छूता-छेड़ता।

पीछे दीवार पर बिजली का बोर्ड लगा था। सबसे नीचे वाली कतार के खटकों पर उसका हाथ पहुंच जाता था और उसने उधर के तीनों बटन गिरा दिए। सबसे आखिरी ओर का, जिधर जनता के बैठने के लिए बेंचें पड़ी थीं, पंखा घूमने लगा और उधर के ही दो लट्टू जल गए। उस लड़के को इसमें काफी आनंद आया। वह मंच से उतरकर उस भाग में चला गया जहां पंखा घूम रहा था और पंखे के बिलकुल नीचे जाकर खड़ा हो गया और तेज नाचते हुए घेरे को देखता हुआ और वहां की सरसराहट महसूस करता हुआ हंसने लगा। फिर एक जलते हुए लट्टू के नीचे जाकर खड़ा हो गया और फिर दूसरे लट्टू के नीचे। इस दूसरे लट्टू के पास ही कठघरा भी रखा हुआ था, जहां अभियोगों की सुनवाई के दौरान अभियुक्त खड़े होते थे। कठघरा खड़ी-खड़ी छड़ें पहने हुए घेरेनुमा था। लड़का कौतूहलवश उसमें चला गया। उसने कठघरे का पूरा चक्कर लगाया और फिर दोनों हाथों से छड़ें पकड़कर खड़ा हो गया। वहां से न्यायाधीश की कुर्सी दिखाई देती थी।

कुछ देर बाद लड़का मंच पर फिर आ गया और फिर आंखें फैलाकर रस लेता हुआ एक-एक चीज का निरीक्षण करने लगा।

बाईं ओर दीवार में एक दरवाजा था जो एक अन्य कमरे में खुलता था। यह बड़े न्यायाधीश का विश्राम-कक्ष था। बीच में पर्दा लटका हुआ था। वह लड़का अब इस कक्ष में चला गया। अंदर फर्श पर कालीन बिछी थी, एक बड़ी मेज थी और कई कुरसियां रखी हुई थीं। यहां भी मेज पर कागज, कलम, घंटी आदि थे। पीछे एक कोच पड़ी थी, जिस पर सफेद खोल चढ़ा गद्दा बिछा था। एक कोने में एक तिपाई रखी थी। वह लड़का यहां भी कुरसी पर बैठा और उसने दो-तीन बार वही क्रियाएं दोहराईं। इसके बाद वह कोच पर आकर लेट गया। उसने सिर तकिए पर रख लिया और दोनों पैर फैला लिए। फिर खुशी में भरकर वह कुछ देर दोनों पैर ऊपर नीचे फेंकता रहा।

जब वह कोच पर से उठा तो गद्दे की सफेदी पर कुछ सलवटें और मैले निशान पड़ गए थे।

इस कमरे के अंदर ही बाईं ओर एक छोटा सा कमरा था, जो गुसलखाने के रूप में इस्तेमाल होता था। लड़का अब इस कमरे में चला गया। वह अपने बाप के साथ इस कमरे में अनेक बार पाट वगैरह की सफाई के लिए आ चुका था। उसने सामने लगे आईने में अपना चेहरा देखा, पास में लटके तौलिए से अपना मुंह पोंछा। फिर वह पेशाब करने के पाट की ओर चला गया और

कुरसी पर खड़े होकर एक टांग उठाते हुए उसमें पेशाब किया। फिर उतरकर एक ओर रखे साबुन को उसने अपने हाथ में मला और टंकी का नल खोलकर हाथ धोया। फिर गीले हाथों को तौलिया से पोंछ डाला। ...

बाहर रोशनी सिमट चुकी थी और बहुत हलकी सी चमक बच रही थी, गीलेपन जैसी। सन्नाटा जैसे अब हर ओर से फूटकर भरता जा रहा हो। फूलों के पौधों के बीच नीबू के बूटे अब और भी ज्यादा बेआब लग रहे थे। मेहंदी की टूटी बाड़ एक स्याह हाशिए सी दीख रही थी।

वह लड़का अब बरामदे के बाहर सीढ़ियों पर खड़ा था।

सड़क की ओर के फाटक में से एक आदमी ने प्रवेश किया। वह आदमी बहुत कमजोर था और हाथ में उसने छड़ी ले रखी थी। उसका मुंह यों पोपला था जैसे उसने दांत उखड़वाए हों और जिल्द पर किसी गीले उमेठे कपड़े जैसी सलवटें ही सलवटें थीं। वह शख्स उधर ही बढ़ता आ रहा था।

"सलाम हुजूर!" लड़के ने अटेंशन जैसी हालत में होकर एक विशेष दयनीय मुद्रा में माथे पर पूरा हाथ ले जाते हुए उस शख्स को सलाम किया। वह शख्स दरअसल अदालत का नाजिर था और इस समय घर से अदालत की इमारत बंद करवाकर चाबियां लेने आया था। लड़के का बाप नाजिर को बिलकुल इसी तरह सलाम करता था।

पीपल के बूढ़े दरख्त के नीचे खड़ा गुलमोहर का वह नौउम्र बूटा उस सिमटती रोशनी में अब और भी निरीह दीख रहा था।

'चौराहा' (प्रवेशांक), जुलाई, 2013

पापा जात का जीव

माह अक्टूबर की वह सुबह थी। वक्त सात से कुछ ऊपर था जब दिन कच्ची चमक सहेजे खुल रहा होता है। स्थान सड़क था। हलचल अभी बेदम थी, सन्नाटे को इसलिए दमदार होना था, जो था भी।

"हृदयेश जी, हृदयेश जी!" पटरी पर कुत्ते को पॉटी करा रहे शख्स ने, जिसने पास से गुजरने पर नजर सीधी कर जमा दी थी, आवाज उछाली थी। इसी के साथ चंद कदम का फासला तय कर बढ़ आया था, "आप हृदयेश जी ही हैं न?" मेरे हां करने पर वह आगे बोला था, "मैंने आपका उपन्यास 'चार दरवेश' पढ़ा है। तीन-चार दिन पहले मैंने आपको इसी समय गुजरते हुए देखा था। तब पहचान को लेकर पक्का नहीं था। उपन्यास की जिल्द पर आपकी फोटो थी। फिर लगा कि आप हृदयेश जी ही थे।"

मेरे मुस्कराने पर पूछा, "आप मॉर्निंग वाक पर क्या रोज निकलते हैं?"

"बीच-बीच में नागा भी हो जाता है। जरूरी नहीं कि यही रास्ता पकड़ूं। दूसरा रास्ता भी पकड़ लेता हूं।"

"मेरे जिस मित्र ने उपन्यास पढ़ने को दिया था, उसने बताया कि आप इसी शहर के हैं। सच कहता हूं यकीन नहीं हुआ कि एक इतना पायेदार लेखक मेरे इस छोटे शहर का बाशिंदा है। जानकर अच्छा लगा, बहुत अच्छा!"

यह पहली मुलाकात थी। फिर मुलाकात का सिलसिला चल निकला था। सिलसिले की भी गति होती है—धीमी, मद्धिम, तेज। गति के संचालन में पक्षकारों की इच्छा, सुविधा और संयोगों की भूमिका रहती है।

सुबह को उसी सड़क पर तीसरी मुलाकात में इसरार हुआ कि मैं घर पर चलकर चाय पीऊं। चाय पीने का इसरार दूसरी मुलाकात में ही किया गया था, लेकिन मैं जरूरी काम का बहाना कर टाल गया था। अनुभव था कि आत्मीयता अपने में मकड़जाल होती है। गहरे में फंस गई मक्खी का उसमें से

निकलना बहुत मुश्किल होता है। उस जैसी ही स्थिति। इसके बरअक्स लेखक के अंतस् में अपने पाठक के प्रति भूखी चाहना होती है। कहीं मिले तो उसे ग्रहण करूं। इस मुलाकाती ने दूसरी मुलाकात में बताया था कि उसने उपन्यास को दो-एक दिन के वक्फे से तीन बार पढ़ा था और जब मित्र उसे वापस लेने आया था, मित्र के हाथ में पहुंचकर लगा था कि उपन्यास उसकी ओर देख रहा है। इसी के बाद उसने यह भी बताया था कि उसका नाम उपन्यास के एक पात्र शिवशंकर वाला है, फर्क इतना है कि वह हकलाता नहीं है। मैंने पाया कि उपन्यास के शिवशंकर की सत्तर वर्ष वाली उम्र की चपेट में यह सामने उपस्थित शिवशंकर भी हैं और इनकी भी सीधी-सतर काया है। इसलिए उसका आमंत्रण स्वीकार करने का यह भी एक कारण बन गया था।

पास ही फूटती गली में घर था, बमुश्किल पंद्रह-बीस कदम अंदर। दरवाजा एक छोटे गलियारे में खुलता था और गलियारा खुलता था एक ओर बरामदायुक्त आंगन में और दूसरी ओर उस कमरे में, जिसमें उनको ले जाकर वहां पड़ी बेंत से बुनी दो हत्थेदार कुरसियों में से एक पर बैठा दिया गया था। कमरे में एक ओर बिस्तर लगा पलंग था। पलंग के सिरहाने एक छोटी मेज थी, जिस पर पानी का जग, गिलास और दो-तीन छोटे-बड़े प्लास्टिक के डिब्बे रखे थे। पलंग के पैताने वाली दीवार के मध्य में फासले से कपाट बंद दो अलमारियां थीं।

शिवशंकर बगल की कुरसी पर आसीन हो गए थे। कुत्ता, जो साथ में कमरे में घुस आया था, शिवशंकर के पैरों के पास बैठ गया था। हम तीनों की उपस्थिति के बावजूद कमरे में सन्नाटा हावी था। आंगन की ओर के निकास और उधर की दीवार में ऊपर की ओर सींखचेदार जड़े रोशनदान से जो नीम रोशनी दाखिल हो रही थी, वह सन्नाटे को उकसा ही रही थी। सीलिंग के कोनों से लटके जाले भी इस उकसाने में मददगार थे।

कुत्ते को अपनी ओर टकटकी बांधकर देखता पाकर मैं बोला, "लगता है, यह देसी है।" मेरा यह बोलना सन्नाटे की सतह पर जर्ब लगाना था।

"जी, देसी है। दो साल पहले एक शाम बाजार से लौटते हुए, तब यह माह-डेढ़ माह का ही होगा, यह मेरे पीछे गली के मुहाने से लुढ़कता फुदकता लग गया था। मैं घर में दाखिल होने के लिए चबूतरे पर चढ़ा तो यह कूं-कूं करने लगा। मैंने फिर इसे पाल लिया।"

"दुबला है!"

"मैं भी तो मोटा, चर्बी चढ़ा नहीं हूं। मैं जो खाता हूं, वही यह भी। दोनों शाकाहारी हैं। रात को सोते समय मैं दूध पीता हूं। इससे नींद गाढ़ी आती है। सुबह की चाय के लिए रखने के बाद दूध अगर ज्यादा हुआ तो इसे दे देता हूं।"

एक नरम मुस्कान के बाद अर्ज किया, "चाय का एक-एक कप पहले हो जाना चाहिए। आपको शुगर से परहेज तो नहीं है? मैं लेता हूं।"

उनके कुरसी छोड़ने पर मैंने पूछा, "चाय आप बनाएंगे?"

"चाय बनाना बहुत आसान है। गैस है। बगल के बरामदे में चाय का सारा सरंजाम रखा है। बस, पांच मिनट लगते हैं। पत्नी जब जीवित थी, तब भी मैं ही चाय बनाता था। पत्नी का ढाई साल पहले स्वर्गवास हो गया, सन् दस में। खाना बनाने वाली को लगा रखा है। छुआछूत का मैं पाखंडी नहीं हूं। जिसे रखा है, वह कोरिन है। बर्तन, साफ-सफाई का काम वही निबटा देती है।"

घर में पसरे सन्नाटे का कारण स्पष्ट हो गया था। यह भी रिस आया था कि पत्नी की मृत्यु के चंद माह बाद वह कुत्ता नामक जीव को घर ले आए थे।

अभी वह दहलीज पर ही थे कि अधेड़ उम्र की एक महिला प्रकट हो गई। स्नान के बाद शरीर में जो पवित्रता की एक कोमल उजास होती है, वह वहां ठहरी हुई थी। महिला हाथ में तांबे की तश्तरी लिए हुए थी। उसने तश्तरी में से एक बताशा शिवशंकर के हाथ पर रख दिया। एक मेरी ओर भी बढ़ा दिया। मैं नहीं होता तो प्रसाद के दोनों बताशे शिवशंकर ही पाते।

"पापा जी, आपके मेहमान जी के लिए मैं चाय बनाकर लाती हूं। अभी मुझे अपनी भी बनानी है।"

महिला के जाते ही शिवशंकर ने बताया कि वह बगल वाले मकान में रहती है। बगल वाला मकान और उनका मकान कभी एक था। बंटवारे में चचेरा भाई आधे हिस्से का मालिक बन गया। भाई ने प्लॉट खरीदकर दूसरी जगह अपना मकान बनवा लिया है। गीता नाम की यह महिला किराए पर रहती है। पति आबकारी महकमे में मुलाजिम है। आबकारी महकमा तर होते हुए भी पति ने अपने को बेतर रखा है। पति-पत्नी दोनों ही निहायत शरीफ हैं। उनका भाई जब-जब किराया बढ़ाने को कहता है, बगैर ज्यादा टालमटोल के बढ़ा देते हैं। स्वभाव से शांतिप्रिय हैं। निस्संतान हैं। अपनी साली की नवजात लड़की को गोद लिया था। लड़की साल भर की भी नहीं हो पाई थी कि साली में अपनी संतान के लिए ममत्व उछला और वह उसे वापस ले गई। उसके बाद एक और गरीब रिश्तेदार की औलाद को अपने पास रखने की

कोशिश की, मगर वहां भी बात बनी नहीं। मान लिया कि भगवान ने अपनी या परायी औलाद का सुख दिया नहीं है। उसको लेकर तब कलपना क्यों?

महिला कौरी हुई लाई और मूंगफली के दाने के साथ चाय ले आई। कटोरी में चीनी थी ताकि मीठा कम लगने पर बढ़ा लिया जाए।

उसके अपनी रिहाइश में चले जाने के बाद शिवशंकर ने और जानकारी दी कि किसी मिलने वाले के आ जाने पर जब गीता उनको पापा जी कहती है तो मिलने वाला मान लेता है कि वह उसकी बेटी है। पहले गीता का संबोधन भाईसाहब हुआ करता था। फिर साल भर बाद एक दिन बोली कि यदि उसके पिता जीवित होते तो वह उनकी उम्र के होते। गीता के पापा जी कहने लगने पर वह उसके पति के भी पापा जी हो गए। गीता को पता चल जाने पर कि कोई मेहमान आया है, वह उसकी आवभगत का जिम्मा खुद संभाल लेतीं है। खाना बनाने वाली के न आने का इल्म होने पर उनको खिचड़ी या दलिया बनाने से बरज देती है। रोटी, चावल, दाल जो भी बना हो, वह दे जाती है। तीज-त्योहारों पर उत्सवी भोजन आ जाता है। पत्नी की मौत के बाद वे और अधिक ख्याल रखने लगे हैं।

एक सप्ताह बाद उसी स्थान पर, लगभग उसी समय मुलाकात हो जाने पर वह यह कहते हुए कि 'चार दरवेश' उपन्यास के वृद्धों की आकुल-व्याकुल करने वाली दशा, नियति उनके अंदर अभी तक छिटकी हुई है और उसके लेखक से भेंट करना उनके अपने लिए गौरव की बात है, वह उन्हें फिर अपने घर ले गए थे। भनक लगते ही वही महिला चाय-नाश्ता लेकर फिर आ गई थी। इस बार उसका पति भी आया। पति हम दोनों के चरण स्पर्श कर बोला था कि पापा जी उनकी कलम की ताकत की बहुत प्रशंसा कर रहे थे। इन दिनों हेडक्वार्टर से इंस्पेक्शन की सूचना आ जाने से स्टेटमेंट्स, कागजात आदि की तैयारी को लेकर बेहद काम है। उसके बाद वह भी उपन्यास जरूर पढ़ेगा। बगैर ज्यादा रुके हुए चला गया था। शिवशंकर ने जानकारी दी कि गीता का पति राममोहन भी गीता की तरह ही उनका बहुत ख्याल रखता है। उनका बिजली का बिल जमा करा देता है, गैस की बुकिंग करा देता है तथा भागदौड़ और परेशानी वाले अन्य काम। सौदा-सुलुफ यों वह खुद ले आते हैं लेकिन बाजार जाते वक्त वह इस बाबत भी पूछ लेता है। इसी क्रम में यह भी जानकारी दी कि मामूली तनख्वाह वाले नौकरीपेशा की गृहस्थी में आम खर्चों को भी निबटाने में जब-तब पैसों का टोटा पड़ता है। राममोहन पहले अपने

दफ्तर के ही वेतन के अलावा आमदनी करने वाले साथियों से उधार ले लेता था। फिर उनसे सौ-पचास के टुकड़ों में लेने लगा। वेतन मिलते ही उनकी तीन-चार सौ रुपयों की देनदारी चुकता कर दी जाती। उधारी के इस सिलसिले के एक या सवा साल बाद एक शाम गीता और राममोहन दोनों उनके पास आए कि उसी विभाग के एक इंस्पेक्टर का तबादला दूर के एक जिले में हो गया है और वह अपनी मोटरसाइकिल निकालना चाहता है। इधर-उधर से पैसों का जुगाड़ करने के बाद भी दस हजार कम पड़ रहे हैं। राममोहन का दफ्तर काफी दूर है। आने-जाने में खासा वक्त लग जाता है। सौदा महंगा नहीं है। राममोहन अपनी भविष्यनिधि से लोन लेकर सारा पैसा चुकता कर देगा। हृदयेश जी से वह अपने अंदर मचे ऊहापोह को छिपाएंगे नहीं। कुछ के सामने सच बोला जा सकता है। बड़ी रकम थी। अपने को बचाने के लिए उन्होंने सलाह दी थी कि पुरानी मशीनरी का कोई भरोसा नहीं। कभी भी और कहीं भी धोखा दे सकती है। जब भी वह खरीदे नई बाइक खरीदे।

"पापा जी, मोटरसाइकिल सिर्फ तीन साल पुरानी है। इंस्पेक्टर साहब अपनी चीजों का इस्तेमाल बहुत कायदे से करते हैं," राममोहन का स्वर दिलासा देने वाला था।

"मोटरसाइकिल रखने से पेट्रोल का खासा खर्चा बढ़ेगा!"

"पापा जी, इस मोटरसाइकिल से बस यह ऑफिस जाएंगे। बाजार-हाट या दूसरे कामों के लिए साइकिल इस्तेमाल होगी। मोटरसाइकिल लेने की इनकी इच्छा में मेरी इच्छा भी शामिल है," गीता बोली।

तब उन्होंने कहा था कि वह पता लगाएंगे कि उनके बैंक खाते में कितनी जमैयत है। आखिर वह भी पेंशनर हैं। इमरजेंसी के वास्ते कुछ रकम उसमें सुरक्षित रहनी ही चाहिए। रात भर उनको बेचैनी रही। रकम फंस सकती है। इतनी रकम दी तो आगे इससे भी ज्यादा किसी और बड़ी ख्वाहिश की पूर्ति के लिए मांगी जाएगी। उन दोनों ने दो-एक माह पहले ही भाईसाहब की बजाय पापा जी कहना शुरू किया था। रकम पाने के लिए ही तो कहीं इस आत्मीयता का लासा नहीं लगाया गया था। इस छिटकी बेचैनी को दबाने के लिए अंदर यह लहर भी उठती थी कि वे आज के अनैतिक जमाने के होते हुए भी चतुर, चालाक प्राणी नहीं हैं। छल-कपट उनके खून में नहीं है। ईमानदार आदमी जल्द ही अपनी ईमानदारी का अहसास करा देता है। तीसरे दिन फिर उन्होंने दस हजार का चेक काटकर दे दिया था। एकाउंटेंट के छुट्टी

पर होने के कारण लोन स्वीकृत होने के विलंब ने उनको फिर आशंकाओं और दुश्चिंताओं के बीच खदेड़ा था। लोन की रकम मिलते ही दो हजार रोककर उनको आठ हजार तुरंत दे दिए गए थे। दूसरों की उधारी को हलका करने की वजह से वैसा किया गया था। फिर शेष दो हजार का चुकता दो किस्तों में राममोहन ने अपने वेतन से कर दिया था। मोटरसाइकिल ले आने पर राममोहन उनको मंदिर में प्रसाद चढ़ाने साथ ले गया था, "पापा जी, इस पर बैठने का श्रीगणेश आप ही करेंगे। गीता रिक्शे से मंदिर आ जाएगी।"

हालांकि शिवशंकर ने उस बड़ी राशि को देने में अपने अंदर मची उथल-पुथल के न छिपाने की बात कही थी, उनको लगा था कि राशि नकद न देकर, चेक से देने में रसीद पास में बतौर प्रमाण हो जाने की चतुराई वह छिपा गए हैं। आदमी दूसरे पर विश्वास करता हुआ भी पूरा विश्वास नहीं करता है। शक का ग्रहण इस विश्वास पर लगा रहता है।

जल्द ही शिवशंकर एक दिन तीसरे पहर मेरे घर आए। कहा कि मकान खोजने में कोई दिक्कत नहीं आई। आसपास के लोग उनको जानते हैं। ड्राइंग रूम में बैठने के चंद मिनट बाद पूछा, "क्या आप भी मकान में अकेले रहते हैं? अंदर कहीं कोई आहट-खटक नहीं।"

"आपकी तरह मेरी पत्नी का भी निधन हो चुका है। सात साल पहले हुआ था।"

"संतान नहीं है?"

"बेटे हैं, बेटी भी।"

थोड़ा ठहरकर, "संबंध कैसे हैं?"

"एक बेटा विदेश में है, एक देश के छोर पर, एक शहर में ही है। बेटी पास के शहर में है।"

"जो दूर हैं, वे तो दूर हैं ही, शहर वाला बेटा तो दूर नहीं है?"

"संबंध सही हैं, बगैर खटास वाले। बेटी हफ्ते में दो-तीन बार फोन कर हालचाल लेती रहती है। घर-गृहस्थी की जिम्मेदारी के कारण ज्यादा आ नहीं पाती है। मुझे बुला लेती है। जितने दिन उसके पास रहता हूं, नई-नई डिश बनाकर खिलाती है। रुकने की अवधि बढ़ा देती है।"

"बेटियों में संवेदनशीलता सूखती नहीं है। हरी रहती है। वे मां-बाप के प्रति ज्यादा सच्ची, ज्यादा समर्पित होती हैं," दो क्षण के विराम के बाद, "आप भाग्यशाली हैं जो आपके अपने बेटों से रिश्ते सही हैं वरना नब्बे प्रतिशत

मां-बाप से बेटों के रिश्ते नापाक हो चुके होते हैं। मेरा बेटा शहर में होता हुआ भी शहर में नहीं है। यह जो बड़ी सच्चाई है, इसको आपने अपने उपन्यास में भी उजागर किया है। उपन्यास के चारों बूढ़े परिवार में रहते हुए भी परिवार से बाहर हैं।"

घर वाली पहली मुलाकात में ही उन्होंने बेटे के शहर में अपनी रिहाइश अलग बना लेने की बात कही थी। स्वर गरमाहट रहित था, ठंडा।

"मेरी एक और भी संतान है, लेखनी यानी कलम। यह मुझे अपने से बराबर जोड़े रहती है।" मैं हंस पड़ा था।

वह मुझसे मेरा एक और उपन्यास लेने आए थे।

तीसरे या चौथे दिन वह यह दूसरा उपन्यास वापस दे गए थे, "चला नहीं। बीस-पच्चीस पेज पढ़ गया मगर इसने बांधा नहीं, बल्कि कहूं कि समझ में आया नहीं। स्कूली जीवन में कोर्स में लगी कहानियां पढ़ी थीं या प्रेमचंद के दो-एक उपन्यास। फिर पढ़ना छूट गया था। आपका लिखा 'चार दरवेश' पढ़ा तो पढ़ने की मरी भूख जिंदा हो गई।"

मैंने उनको अपना एक और उपन्यास दे दिया, 'नरम, अगरिष्ठ।'

आठवें-दसवें दिन वह फिर उपस्थित थे, "मैं दो बार आया था। मकान के बाहर ताला जड़ा था। सुबह आप मेरी सड़क पर भी दिखाई नहीं दिए!"

"किसी दोस्त से मिलने चला गया होऊंगा या लाइब्रेरी। और जहां तक सुबह घूमने की बात है, हफ्ता-दस दिन से पास में दूसरी तरफ निकल जाता हूं। आपको फोन से मेरी मौजूदगी के बारे में पक्का कर लेना था।"

आधे मिनट तक खामोशी बनी रही।

"मेरे पास फोन नहीं है। जरूरत नहीं समझी। पड़ोसी राममोहन के पास है, मोबाइल फोन। उसके ऑफिस से वापस आ जाने पर उसके फोन से अपने आने की बात बता दिया करूंगा।"

उनको यह दूसरा उपन्यास भी ज्यादा पसंद नहीं आया था, "पूरा अपने को पढ़वा तो लिया मगर मन को छुआ नहीं," कुछ रुककर, "हृदयेश जी, आप बूढ़ों के दुःख-दर्द पर और लिखिए। 'चार दरवेश' में आपने बूढ़ों को अपने उसूलों की नींव पर बनाए रखते हुए भी उनको अपने सगों से मिली बेरुखी, हिकारत की बोलती तसवीर पेश की है।"

"मुझे बूढ़ों पर जो लिखना था, वह मैंने लिख दिया। लेखक के लिए पहले उठा लिया गया विषय चुक गया होता है।"

"कोई भी विषय कभी पूरी तरह चुकता नहीं है। सोचने पर, मतलब है, दुबारा, तिबारा देखने, टटोलने पर बचा हुआ सामने आ जाता है।" वह ठहरे। कथन को दम दिया, "आम आदमी के मुकाबले लिखने, रचने वाले की निगाह बहुत तेज होती है, न बचे में से भी बचा ढूंढ़ लेने वाली।"

अपने को विवाद में उलझाने से बचने के लिए मैंने पूछा, "आप अपने बेटे से मिलने कभी-कभी उसके घर जाते तो होंगे ही? बेटा-बहू भी आपके यहां आते होंगे? खून में तपिश कितनी भी कम हो जाए, खून पानी नहीं बनता।"

उनके चेहरे की सलवटें सिकुड़ीं, थरथराईं, कड़ी हुईं, "पिछले एक साल से तो मैं गया नहीं। उससे पहले पोते की बीमारी पर जरूर गया था उसे देखने, बस दस मिनट के लिए। बाजार में आमना-सामना होने पर बेटा हालचाल पूछ लेता है, रस्मी तौर पर। बहू बहुत डिप्लोमेट है। जबान से बहुत मीठी है, शक्ल से बहुत भोली, मगर अंदर से बहुत काली है। उसका न आने का बहाना होता है, आपके घर टॉमी है, डर लगता है, बंटी टॉमी की वजह से आने से मना कर देता है। हृदयेश जी, शुरू में कुत्ता दो-एक बार आप पर भी बस भौंककर रह गया। फिर आपको सूंघकर चुपचाप बैठ गया। मेरे हाथ में कंपन है, लरजता है। अकसर यह हो जाता है। सात साल का पोता मुझे बाजार में देखकर पहले तो दादा जी कहकर आवाज लगाएगा, फिर तेजी से अपना हाथ लरजाता हुआ मजाक उड़ाएगा!"

बोलना भी अकसर बहना हो जाता है। वह बह चले थे, "हृदयेश जी, जब टॉमी नहीं था तब न आने का बहाना था...कई बार घर से निकलने की पूरी तैयारी कर ली थी, लेकिन तभी एक मिलने वाली आ गई या चलने का पक्का इरादा बना लिया था कि एकाएक निकल आया जरूरी काम अंड़गा बन गया, नहीं तो फिर यह कि घर-गृहस्थी में रोजमर्रा के कामों के अलावा और भी पचासों काम लद जाते हैं। ...हृदयेश जी! मेरी पत्नी नरम दिल की थी। तिरस्कार, अनादर को ज्यादा दिन तक मन में न रखने वाली। वह माह-दो माह में वहां का चक्कर लगा आती थी। बताती थी कि बेटा-बहू दोनों कहते हैं कि पापा की चलती तो वह बेटे को अपने वाले महकमे में बाबूगीरी के खूंटे से बांधकर जिंदगी भिनघा देते। बेटे ने जिद कर पहले बिजली के तार, बल्ब, स्विच का धंधा किया, फिर टी. वी., फ्रिज, वॉशिंग मशीन जैसे बड़े आइटम्स को धंधे में शामिल कर लिया। आज उसकी अपनी दुकान है, अपना मकान

है। हृदयेश जी, बेटा पढ़ने में फिसड्डी था। हाईस्कूल की दहलीज दो साल में लांघ पाया, इंटर, बी. ए. में थर्ड डिवीजन आई। मैंने सोचा, वहां रहते इसको हिल्ले से लगवा दूं। थानेदारी, डिप्टी कलेक्टरी तो इसे मिलने से रही। बिजनेस वाला इसका निर्णय सही रहा तो मुझे अच्छा ही लगा, बुरा नहीं। लेकिन बाप के निर्णय को जब-तब कठघरे में खड़ा कर फजीहत करना तो बाप के हृदय को चोट पहुंचाना है। और हां मकान। बेटे ने एक अच्छी कॉलोनी में खूबसूरत मकान बनवाया है, आज के जमाने वाला। गृह-प्रवेश पर मैं और पत्नी दोनों गए थे। गेट पर जड़े पत्थर पर बेटे, बहू और ठीक से चलना शुरू न करने वाले पोते का नाम था। मुझे तकलीफ होनी ही चाहिए। हुई भी थी। एक पखवाड़े बाद पत्नी पोते के लाड़ से खिंची वहां गई। उसने कहा कि अच्छा होता, पापा का नाम भी पत्थर पर होता। पापा का नाम होने पर भी घर उनका ही रहता। बेटा बोला, 'इस पर मन मैला नहीं करना चाहिए। बहुत छोटी बात है।' बहू ने डिप्लोमेसी वाली भाषा पकड़ी, 'अम्मा जी, पत्थर पर सबसे ऊपर जय श्रीराम और जय माता दी लिखा है। उन नामों में दादा, दादी, पापा, अम्मा जी सभी आ जाते हैं।' "

मेरा फोन बजा था। मैंने फोन करने वाले को बताया कि मुझे याद है। वक्त से गोष्ठी में पहुंच जाऊंगा।

शिवशंकर ने किसी अन्य पुस्तक की बजाय 'चार दरवेश' की ही मांग की, "हृदयेश जी, मन इसी पर रपट रहा है। मन की जिह्वा पर इसका स्वाद चढ़ गया है।"

उस सड़क पर मैंने टहलना फिर शुरू कर दिया था। जाते हुए तो नहीं, मगर लौटते हुए अपने कुत्ते के साथ वह वहीं दिख गए थे। कुत्ता पॉटी कर्म से निबट चुका था। अपने इस दिलचस्प पाठक के आग्रह पर मैं उनके घर पर आ गया। घर पहले जैसा ही खामोश था। खामोशी उस घर का स्वभाव बन गई थी या उसकी मजबूरी। वह चाय बनाने के लिए उठे। उठते हुए बताया, "दो दिन से गीता अपने पति के साथ रिश्तेदारी में गई है। शाम तक आ जाएगी। आज मेरे हाथ की चाय पीजिए।"

आंगन वाले बरामदे में जाकर हलकी सी खटर-पटर के बीच वह चाय बनाकर ले आए।

"चाय बुरी तो नहीं बनी?"

"नहीं, ठीक है, उम्दा।"

"चाय औरतें ज्यादा उम्दा बनाती हैं। वह अपने मर्द की पसंद बेहतर जानती हैं या फिर अपनी पसंद मर्द की पसंद बना लेती हैं।" वह मुस्कराए और मुस्कराहट को कुछ देर तक अपने इस कहे पर टिकाए रखा, "सुबह बिस्तर छोड़ने के बाद गर्मी हुई तो ताजा और सर्दी हुई तो गुनगुना पानी एक गिलास पीता हूं। आंतों की सफाई में आसानी हो जाती है। चाय लगभग इसी वक्त टॉमी को बाहर पॉटी कराने के बाद पीता हूं। दुबारा चाय स्नान-ध्यान के बाद।"

चाय के साथ वह बिस्कुट लाए थे। बिस्कुटों की ओर इशारा कर बोले, "पत्नी को नाश्ते में बिस्कुट या पावरोटी से चिढ़ थी। बाजार से लाए समोसे, दालमोठ से भी। वह घर में छिले हुए चने और चिवड़े की दालमोठ तैयार कर रख लेती थी। उसमें थोड़ी सी भुनी हुई सौंफ डालकर जायका स्पेशल कर देती थी। अकसर नाश्ते में चीला या पोहा बना देती थी। तृप्ति हो जाती थी।"

"आपको पत्नी की याद आती होगी?"

"शुरू में सपने में देखता था। अब भी दिखाई दे जाती है। कभी-कभी सीने में दर्द की शिकायत करती थी। रात में हार्ट अटैक हुआ और आधे घंटे के अंदर सारा खेल खत्म! बहुत ही समझदार औरत थी। मुझे समझाती रहती थी कि बेटे-बहू से अनख नहीं माननी चाहिए। कुछ कमी, कुछ खोट होने पर भी वे अपने हैं। यह भी बताती थी कि बहू जाने पर कहती है, 'अम्मा जी, हफ्ता-दस दिन आप यहां रह जाइए। पापा जी का खाना यहां से भिजवा दिया जाएगा।' इस पर मैंने कहा कि वह इस झांसे में न आए। तब बहू किचन का सारा काम उस पर डाल देगी। गंदा काम भी कराएगी। इस पर पत्नी बोली कि आपको अकेला छोड़कर मैं वहां रहने वाली थोड़े हूं!"

प्रसंग के बहाव में वह आ गए थे।

"हृदयेश जी, मेरी पत्नी बहुत गुणी थी, एकदम भारतीय नारी। पुरानी औरतें नेम-धेम को गहरी निष्ठा से निबाहती थीं। मेरे पिताजी भोजन कर थाली में आधी रोटी या कटोरी में चम्मच-दो चम्मच दाल-सब्जी छोड़ देते थे, कोई न कोई परोसी चीज। मेरी मां उस बचे हुए को निकालकर अपने भोजन में शामिल कर लेती थीं। मैं भी ऐसा करता था। दो-एक बार मैंने ऐसा नहीं किया तो बोली कि मुझसे क्या कोई गलती हो गई? आपको क्या अच्छा नहीं लगता है? मुझे तो लगता है। मेरे लिए यह प्रसाद तुल्य है, परमेश्वर का।"

"पत्नी ने कभी आपके लिए छोड़ा या आपने कहा?" मैंने पूछा।

"दो-तीन बार मजा लेने की मंशा से मैंने कहा था। तो बोली थी, क्या

आप मुझे नरक में भेजना चाहते हैं?"

"हमारा समाज हजारों वर्षों से पितृसत्तात्मक या कहिए पुरुष-प्रधान समाज रहा है। औरतें ही नहीं पुरुष भी इस मानसिकता से ग्रस्त हैं आज तक।"

वह मिनट, दो मिनट तक सोचते रहे। सोच को नकारा नहीं, "आप लेखक हैं। इतनी आसानी से तह तक पहुंच गए।"

मुलाकात का सिलसिला बना हुआ था।

एक मुलाकात में मैंने जगी जिज्ञासावश पूछा कि उनके कमरे में टी. वी. नहीं है। वह अपना समय कैसे गुजारते हैं? संबंधों में पैबस्त हो चुकी बेतकल्लुफी के बावजूद मैंने शब्द काटने की बजाय गुजारते का इस्तेमाल किया था। उन्होंने बताया कि टी. वी. उनके पास था पर खराब हो गया। मैकेनिक ने दो-ढाई हजार की रकम सर्फ कर मरम्मत कराना समझदारी नहीं बताई। कहा कि यह फिर समस्या पैदा कर सकता है। इतने पुराने मॉडल के ऑरिजनल पार्ट्स मिलते नहीं हैं। टी. वी. पर कोई अच्छा सीरियल या प्रोग्राम आता है तो गीता देखने के लिए बुला लेती है। उनको क्रिकेट मैच देखने का शौक है, खास तौर से जिसमें इंडिया खेलती है। मैच वहीं टी. वी. पर वह देख लेते हैं। क्रिकेट का शौक गीता के पति राममोहन को भी है। राममोहन के रोकने पर भी वह देर रात तक चलने वाला मैच बीच में छोड़कर उठ आते हैं। अगली सुबह राममोहन उनको दोनों टीमों के स्कोर के साथ मैच का नतीजा बता देता है। इसी क्रम में यह भी बताया कि पहले वह अखबार मंगाते थे। गीता ने कहा कि उसके यहां अखबार आता ही है। वह अपना वाला मंगवाना बंद कर दें। राममोहन के पढ़ लेने के बाद अखबार उनके हिस्से में आ जाता है। शाम को ही वापस जाता है। "और यह टॉमी भी," उन्होंने कुत्ते की ओर इशारा किया, "अपनी सेवा-टहल में खासा समय ले लेता है। चार-पांच बार इसको बाहर ले जाना होता है।" अंत में कहा था, "स्थितियां आदमी को अपने मुताबिक ढाल लेती हैं। मैं भी ढल गया हूं।"

एक अन्य मुलाकात में वह बोले थे, "हृदयेश जी, आपके उपन्यास के शिवशंकर होम्योपैथिक दवाओं से रोगियों का इलाज करते थे। मैं दूसरों का नहीं, अपना इलाज इसी पैथी से कराता हूं।" उनको एक सप्ताह से हलका ज्वर हो रहा था जो सांझ के बाद भड़क उठता था। कुछ ही फासले पर एक मुसलमान होम्योपैथ डॉक्टर बैठता था। वह उससे दवा लेकर उनकी ओर बढ़ आए थे।

"होम्योपैथी के साथ दिक्कत यह है कि मरीज को सही करने में काफी

वक्त लेती है। एलोपैथी तेजी से असर करती है।" मैंने उनके चेहरे पर बढ़ी हुई शेव से बाहर झांकती कमजोरी को देखकर कहा।

"बुखार के साथ खांसी भी थी। खांसी ठीक हो गई है। बुखार भी ठीक हो जाएगा। होम्योपैथी की दवा मर्ज को भले ही देर से निकालती है लेकिन साइड इफेक्ट्स से दूर रखती है।"

मुझे नहीं पता था कि एलोपैथी का जिक्र भी उनको अपने बेटे की ओर खींच ले जाएगा। मुझसे जैसे उधर ले जाने वाली कल दब गई थी। आ गई चाय के दो घूंट भरने के बाद बोले, "मेरे बेटे का दोस्त डॉ. राजेश अस्थाना है। दसवीं क्लास तक दोनों साथ-साथ पढ़े थे। डॉ. राजेश की जिस शहर में ससुराल है वहीं बेटे की भी है। संजोग ऐसा कि डॉक्टर साहब और मेरे बेटे की मिसेज वहां एक ही कॉलोनी की हैं। दोस्ती इसलिए कुछ और भी ज्यादा सीमेंटेड बन गई। फिर हुआ यह कि पोते की पांचवीं सालगिरह अच्छे ढंग से मनाई गई, होटल में। मैं वहां गया था। वहां शामिल डॉ. अस्थाना से बेटे ने परिचय कराते हुए कहा, 'पापा जी, आपको कोई बीमारी या तकलीफ हो, डॉ. भाई के पास चले जाया करिए।' डॉक्टर ने कहा कि मैं उनके क्लीनिक को अपना ही मानूं। मेरा स्वास्थ्य उनकी चिंता। दो माह बाद ठंड टूटकर पड़ी। ओला भी गिरा। मेरा सीना जकड़ गया। खांसी आने पर दर्द होता। मैं डॉ. अस्थाना के क्लीनिक रिक्शे से गया। क्लीनिक दूर है। बाहर काउंटर पर बैठी महिला को परिचय देने पर उसने बैठने को कहा। सात-आठ पर्चा बने मरीजों को अंदर भेजने के बाद ही उसने मुझे भेजा। डॉ. अस्थाना ने जांचकर सिरप और टैबलेट्स का एक पत्ता देकर कहा कि खास चिंता की कोई बात नहीं है। पांच दिन सुबह-शाम दवा लेने से मैं चंगा हो जाऊंगा। केबिन से बाहर आकर रिक्शे के इंतजार में मैंने दवा पर नजर डाली। दवा फिजिशियन सैंपल की तो थी ही, टैबलेट्स का पत्ता एक्सपायरी डेट वाला था। मैंने कंपाउंडर को जानकारी दी तो वह बोला कि टैबलेट्स महंगी एंटीबायटिक है। एक्सपायरी डेट के छह माह बाद तक भी दवा में पॉवर रहती है। एक कम उम्र के कंपाउंडर ने टुप से टपकाया, 'दान की हुई बछिया के दांत नहीं देखे जाते'!"

कप में बनी चाय ठंडी हो गई थी। उसे निबटाकर कप खिसका दिया। दुबारा बोले, "हृदयेश जी, याद आया। डॉ. अस्थाना ने सलाह दी थी कि मैं प्रोटीन वाला आहार लिया करूं। इस सलाह के साथ यह बताया कि उन्होंने दो हफ्ते पहले बेटे को एक एम. आर. के भेंट किए गए प्रोटीन के छह पैकेट मेरे

लिए दिए थे। बेटा भूल गया हो तो मैं याद दिलाकर मंगवा लूं। उसको दूध के साथ लेना और भी मुफीद रहेगा। बेटे ने पैकेट भेजे थे मगर दो। बाकी चार बहू ने अपने नौनिहाल के वास्ते रोक लिए होंगे। हृदयेश जी, उसके बाद मैं डॉ. अस्थाना के पास नहीं गया। मेरे मोहल्ले में एक पुराने वैद्य थे। कोई रोग-व्याधि लगने पर पहले मैं उन्हीं के पास जाता था। फिर जाने लगा था। फायदा होता था। लेकिन उनकी मृत्यु के बाद इन होम्योपैथ डॉक्टर से इलाज कराने लगा। हृदयेश जी, एलोपैथ डॉक्टर मरीज को लूटते हैं। महज आठ साल की प्रैक्टिस में डॉ. अस्थाना महंगी कार के मालिक बन गए हैं।"

यह सब सुनाते हुए उनके चेहरे पर कमजोरी और छिटक आई थी। सांस भी फूलने लगी। मैंने उनको सलाह दी, "आप घर जाकर आराम कीजिए।"

छोटे, मध्यम अंतरालों में मुलाकातों का यह सिलसिला जारी था। इन मुलाकातों में भी किसी न किसी बहाने पड़ोसी किराएदार दंपती और पत्नी के शिवशंकर के प्रति लगाव और उनकी आत्मीयता और उनके समर्पण-पगे व्यवहार की चर्चा शामिल हो जाती थी या बेटे-बहू की उपेक्षा, विमुखता और अलगाव की। बेटे-बहू को लेकर बताते कि वह बाजार में थे। बेटा-बहू बाइक पर थे। दो कदम के फासले से वे गुजरे थे। देखकर भी उनको अनदेखा किया था। वह बाजार में एक दुकान से साबुन, सर्फ, बिस्कुट-जैसे सामान की खरीदारी कर रहे थे। अगली दुकान पर थे बेटा, बहू, पोता। पोता हाथ में कंपन की नकल करता हुआ हंसा था। बहू ने यों उसे दादा जी की खिल्ली उड़ाने वाली उस हरकत के लिए डांटा था, लेकिन बहू के चेहरे पर भी मुस्कान चमक आई थी।

एक और जो मुलाकात हुई थी-वह हुई थी कुत्ते की मौत के बाद। एक दिन पहले ही उनका कुत्ता सड़क पर ट्रक के नीचे कुचल गया था। जब अगले दिन मैं उधर सुबह टहलने के लिए निकला था, वह सड़क पर अकेले खड़े थे। दुर्घटना की खबर देने के लिए शायद वह मेरा इंतजार कर रहे थे। मुझे ऐसा ही लगा था। वह कुत्ते की खूबियों के बारे में बताने लगे कि टॉमी बहुत समझदार था, कि दूध या खाने की कोई चीज खुली छूट जाने पर उसमें मुंह नहीं डालता था, कि उसके जिस अलग बर्तन में पानी रखा होता था उसी को पीता था, कि सुबह यदि कभी वक्त पर उनकी आंख नहीं खुली तो पलंग पर अपनी अगली दो टांग या थूथन बढ़ाकर उनके जिस्म को हौले-हौले रगड़ता था, कूं-कूं कर कहता था कि मुझे चलकर पॉटी कराओ, कि टॉमी ने

शायद ही कभी घर गंदा किया हो, कि सफाई वाले दिन वह बिना किसी विरोध-उत्पात के अपने जिस्म, मुंह पर साबुन मलवाकर नहा लेता था। टॉमी की इन खूबियों के बारे में बताते हुए वह भावुक हो गए थे। स्वर तरल हो गया था। उनके लिए वह एक व्यक्तिगत हादसा था।

और फिर एक माह के अंदर उनकी भी मृत्यु, सड़क पर ट्रक के नीचे उसी तरह कुचलकर। मैं तब बेटी के पास गया हुआ था। वापसी पर ही इल्म हुआ था। दुर्घटनाओं की एक जैसी प्रकृति और समय के फलक पर उनके इतने करीब घटने से एक-दूसरे की संबद्धता या परस्पर संगतता खोजना सही नहीं होगा। दुर्घटनाओं का घटना किसी नियम या कार्यकारण संबंध के अधीन नहीं होता है। दुर्घटनाएं उच्छृंखल या कहा जाए उद्दंड प्रवृत्ति की होती हैं। कभी भी और किसी भी शक्ल में अपना होना जता सकती हैं।

और फिर उस अजूबे का घटना।

उन दिनों हिंदू धर्म, जिससे मैं जन्म के कारण आबद्ध हूं, जड़ मान्यताओं और तर्कातीत परंपराओं, जिनमें मृत्यूपरांत के कर्मकांड जैसे दसवां के दिन परिवार के पुरुषों का सिर मुंडाना, पिंडों का पारा जाना, तेरहवीं को पिंडों की पूजा, पिंडों में पितरों का आह्वान और उस हेतु कौवों को माध्यम बनाना, महाब्राह्मण को मृतक द्वारा जीवन में उपयोग तथा उपभोग में लाई जाने वाली वस्तुओं मसलन पलंग, चादर, वस्त्र, खाद्य सामग्री, छाता, लालटेन, पादुका तथा मुद्रा का देना, फिर घर आकर शुद्धि के लिए हवन तथा बंधु-बांधवों, निकट बन गए जनों को भोजन कराना—इन सबकी विज्ञान-प्रधान आज की इक्कीसवीं सदी में अप्रासंगिकता, निरर्थकता, वैचारिक दरिद्रता को केंद्र में रखकर मैं एक नई कृति की रचना के वास्ते अध्ययन, मनन कर रहा था। शिवशंकर ने मुलाकातों में वृद्धों के संबंध में मुझे और लिखने के लिए जब-तब कुरेदा था, मुलाकातों के अंतिम दौर में भी दो-एक बार। मैं उससे बचने के लिए शब्दों की हेराफेरी कर कह देता था कि लेखक के लिए वह विषय, जिस पर वह कलम चला चुका है, चुक गया होता है जब कि सच यह है कि विषय कभी भी अपने को पूरी तरह उंडेलता नहीं है। मेरे लिए उपर्युक्त विषय अपने प्रगतिशील सरोकारों और समय की मांग के कारण महत्त्वपूर्ण बन गया था। मेरा सारा ध्यान इसलिए उधर था।

मैं सुबह की सैर का रास्ता लंबा कर श्मशान-भूमि में दाखिल हो गया। मैं निकट संबंधी या परिचित की शव-यात्रा में शामिल होकर कई बार श्मशान भूमि

आ चुका था, किंतु मेरी कृति में मृत्यूपरांत कर्मकांडों का उल्लेख विस्तार से होना था और श्मशान-भूमि उनका एक प्रमुख कार्य-स्थल है, मेरा उसको उस दृष्टि से देखना, जानना जरूरी था। प्रवेश-द्वार पर श्मशान-भूमि को स्वर्ग-धाम नाम दिया गया था। जगह-जगह मृत्यु संबंधी आप्त वचन लिखे हुए थे कि मृत्यु परम सत्य है और प्राणी को इसका स्वागत करना चाहिए। शरीर नश्वर है जब कि आत्मा अनश्वर। देह-त्याग जीर्ण वस्त्र का त्याग कर पुनर्जन्म के रूप में नए वस्त्र को धारण करना है। जीव इस लोक में अर्जित धन-संपदा परलोक में नहीं ले जाता है, ले जाता है केवल पुण्य। उनमें इसी अर्थबोधी यह शेर भी था-आगाह अपनी मौत से कोई बशर नहीं, सामान सौ बरस का पल भर की खबर नहीं। अगल-बगल क्यारियों में मौसमी फूल लगे थे जो वहां के रूक्ष वीराने को नरम बना रहे थे। पिछले बरामदे में श्मशानी बाबा दम लगाने के लिए चिलम जगा रहे थे। उधर ही बैठे कुत्ते ने मेरी तरफ गर्दन उठाकर दो-तीन बार मरी-मरी भौं-भौं की और फिर गर्दन वैसे ही टांगों में छिपा ली। आगे चारों ओर से खुले लंबे-चौड़े टीनपोश बरामदे में दो चिताओं की राख सोई हुई थी। वहां उस बेला कोई नहीं था।

मैं नजर टिका-टिकाकर वहां के दृष्ट परिवेश को टुकड़ों-टुकड़ों में घुटक रहा था। मुझे एक ओर खड़े पीपल के वृक्ष के तने से लटकी हांडियां दिख गईं। जिस मृतक की अस्थियां दस दिन के अंदर गंगा जी में विसर्जित हो नहीं पातीं और अग्निदाह करने वाला संबंधी अपनी सुविधा और सहूलियत से वैसा आगे करने के लिए स्थगित कर देता है, वह अस्थियों की सुरक्षित व्यवस्था के लिए यही उपाय अपनाता है। मैं उधर बढ़ गया था। तीन हांडियां लटकी थीं, जिन पर मार्कर या चूने से नाम लिखे थे। मुझ में कौतुक जगा जब मैंने एक पर शिवशंकर और उसके नीचे प्राप्तकर्ता के रूप में पुत्र रविशंकर का नाम पाया। शिवशंकर की मृत्यु को दो माह से ऊपर हो चुके थे। मैंने अपने अंतरंग पाठक के प्रति श्रद्धा अर्पित करने के लिए हांडी को दोनों हाथ से पकड़कर नमन किया ही था कि हांडी में से आवाज आई, "कौन? हृदयेश जी आप! आप हृदयेश जी!" आवाज शिवशंकर की थी, वही ढीली, झोलदार पर साफ।

"हृदयेश जी, आप मिलने आ गए, बहुत अच्छा किया। मैं आपकी प्रतीक्षा कर रहा था। मुझे आपको एक जरूरी काम का जिम्मा सौंपना है। मेरे बैंक में बेटे, बहू और पोते के नाम से बनवाई गई जमा रसीदों में सात लाख रुपए हैं। पेंशन खाते में बीस-पच्चीस हजार अलग हैं। मेरी पत्नी जब-जब आंख के

अस्पताल, आंख के इलाज के लिए गई वहां मरीजों के ठहरने के लिए बने कमरों में जड़े पत्थर पर कमरा-निर्माणकर्ता का नाम पढ़कर कहती थी कि आंख मानुष के जीवन के लिए शरीर के दूसरे अंगों से ज्यादा अहम है। आंख में अगर उजाला है तो जीवन में भी उजाला है वरना अंधेरा ही अंधेरा। उसमें यह गहरी ललक थी कि एक वैसा कमरा हम दोनों के नाम से बने। हम दोनों हनुमत धाम मंगलवार और शनिवार को जाते थे। धाम की मनोरम व्यवस्था और हनुमान जी की पंचमुखी विशाल मूर्ति की स्थापना के लिए भक्तों से उदार दान की आवश्यकता है, ऐसा वहां कई स्थानों पर लिखा था। मेरी इच्छा है कि आंख के अस्पताल और हनुमत धाम को पचास-पचास हजार रुपए दिए जाएं। गीता और उसके पति ने मेरा बहुत ध्यान रखा है, सगे से भी अधिक; इक्कीस हजार रुपए उनको दिए जाएं। मेरी कमला बुआ की सुंदर, सोहनी बेटी को निर्धनता के कारण अच्छा वर मिल नहीं पा रहा है। पच्चीस हजार रुपए बुआ को दिए जाएं। काम करने वाली गंगा को मैं तीन सौ रुपए देता था। उसका आदमी लंगड़ा है। गंगा ने उसे परचून का काम कराने के लिए मुझसे दो साल पहले पांच हजार रुपए उधार मांगे थे। मैं टाल गया था। गंगा को दस हजार रुपए दिए जाएं।"

शिवशंकर ने दो और जरूरतमंदों के नाम और उनको दी जाने वाली राशि बताकर कहा, "सब मिलाकर दो लाख दिए जाने पर भी पांच लाख रुपए बचेंगे। फिर मेरा मकान बेचने से भी पांच-छह लाख रुपया बेटे को मिल जाएगा। हृदयेश जी, आपके एलबम में राज्यपाल, मंत्री, जिला अधिकारी के साथ खिंचे फोटो हैं। आप प्रभावशाली व्यक्ति हैं। मेरी इस हार्दिक इच्छा को आप अमली जामा पहना दें। कृपा होगी!"

मेरे यह कहने पर कि उनको अपने जीवनकाल में ही अपनी इस नेक, मानवीय इच्छा की पूर्ति कर देनी चाहिए थी, हांडी से आवाज आई, "बड़ी हिकमत से पाई-पाई कर बचाई रकम को दूसरों को बांटने की तब हिम्मत नहीं कर सका था। उसका पश्चात्ताप है। पश्चात्ताप से अब मुक्त होना चाहता हूं।"

यह जानते हुए भी कि न तो इस प्रकार की वसीयत की वैधता है, न इस पर कोई विश्वास करेगा, मैंने ढाढ़स दिया, "आपकी इस इच्छापूर्ति के लिए मैं अवश्य आपके बेटे से कहूंगा।"

हांडी खामोश हो गई।

'समकालीन भारतीय साहित्य', जुलाई-अगस्त, 2013

कथा एक नामी घराने की

उत्तर प्रदेश, जले-भुने अनेक नागरिक जिसे उलटा प्रदेश भी कहते हैं, उसका वह मध्यम श्रेणी का एक शहर है, इस मध्यम श्रेणी में भी कुछ निचले पायदान का। उस शहर के एक पुराने भाग यानी पुरानी बस्ती का वह एक नामी घराना था। नामी से आशय है सामान्य से भिन्न, दूसरों से ऊपर, अपनी खास पहचान वाला। इसे यों भी कहा जा सकता है कि जनसाधारण में जो इज्जत, आदर, सराहना, दुलार से देखा जाता है वह। इस नामी घराने का वर्तमान में प्रतिनिधित्व ब्रजमोहन मित्तल करते थे। ब्रजमोहन मित्तल ने लखनऊ विश्वविद्यालय से बी. ए., एल-एल. बी. करने के बाद पहले तीन-चार वर्षों तक आल इंडिया सर्विसेज और प्रोविंसेज सर्विसेज में प्रवेश पाने के वास्ते प्रयास किए थे। सफल नहीं हुए तो बतौर अपर डिवीजन क्लर्क सचिवालय में धंस लिए। सचिवालय की उस मामूली पद वाली नौकरी की अहमियत इस मायने में थी कि वहां से पूरा प्रदेश नियंत्रित व संचालित होता था। वहां मंत्री और बड़े से बड़े ताकतवर अधिकारी बैठते थे। वह मामूली पद प्रोन्नति की दो-तीन सीढ़ियों के बाद मामूलियत से छुटकारा दिलाकर गैरमामूलियत के प्रशस्त पथ पर ला खड़ा करता था। ऐसा ही हुआ था। पिछली सदी के अंत में जब वह इकतीस वर्ष का सेवाकाल पूरा कर रिटायर हुए थे तब तक उपसचिव जैसा संतुष्टिप्रद राजपत्रित पद पा चुके थे। विश्वविद्यालय जीवन में उनको नई चाल का आद्य अक्षरों वाला बी. एम. नाम मिल गया था। यह सेवाकाल में भी बना रहा था। संयुक्त सचिव या सचिव या किसी अन्य उच्चाधिकारी का उनके लिए बुलावा इसी नाम से होता था। अपने सेवाकाल में पहले वह किराए के मकान में रहे थे फिर सरकारी आवास में। सेवानिवृत्ति के पश्चात् वह शहर में अपने मकान में आ गए थे। एक तो उनके वृद्ध पिता की वैसी इच्छा थी, दूसरे वह इस धारणा के थे कि कुरसी से हट जाने के बाद व्यक्ति को अपने

अधीनस्थों या दो कौड़ी के लोगों के बदले हुए व्यवहार से स्वसम्मान की फजीहत बचाने के लिए तैनाती के स्थान से भी हट आना चाहिए। एक कारण यह भी था कि कानून की डिग्री पास में होने से वह अपने शहर में वकालत का पेशा कर सकते थे। चार-पांच माह कचहरी में वकील बन बैठे भी थे, लेकिन अपने को वहां बेमौजूं पाकर जाना छोड़ दिया था। उनका एक बेटा व एक बेटी थी। दोनों विदेश में थे। बेटा आई. आई. टी. से एम. टेक. कर जर्मनी चला गया था। बेटी शादी के बाद कनाडा चली गई थी जहां उसका पति जॉब पा गया था। वह नौकरी के दौरान ही तीन माह का अवकाश लेकर बेटे व बेटी के देश हो आए थे। अकेले गए थे। पत्नी से कहा था कि वहां शौच के लिए कमोड और कागज का इस्तेमाल करना होगा जिसका करना उसके लिए खजूर के पेड़ पर चढ़ने जैसा होगा। पत्नी केवल दसवां दर्जा तक पढ़ी थी, वो भी हिंदी, संस्कृत, गृहविज्ञान जैसे गोबरगणेसी विषयों को लेकर। वह अपनी काया की भांति थुलथुल बुद्धि की थी।

घर वापसी के बाद पत्नी ने अपने छोटे भाई के पुत्र को उसका भविष्य बनाने के लिए पास में रखने की बात चलाई थी। साले का यह बेटा बिगड़ा हुआ तो था ही, सूरत-शक्ल से भी वैसा था। नाक चपटी थी। ऊपरी होंठ फटा होने से दांत बाहर भागे हुए थे। विनीत के अलावा उसका नाम बड़दत्ता भी था। उन्होंने पत्नी को जवाब दिया था, “डार्लिंग, आपके भतीजे का फ्यूचर तो बन जाएगा, मगर मेरे हर रोज के फ्यूचर का बंटाधार हो जाएगा।” पत्नी ‘मैं समझी नहीं’ की भंगिमा में उनकी ओर ताकने लगी थी। उसके ताकने में झांकने के बाद कहा था, “डार्लिंग, अपने भतीजे के लिए हिया में हुड़का उठता हो तो चार-छह माह उसके पास जाकर रह आओ। मंगल के दिन साक्षात् हनुमान जी के दर्शन का सौभाग्य प्राप्त होगा।” पत्नी के यह बताने पर कि वह उनका कटाक्ष समझ गई है, उत्तर था, “समझ गई हो तो डार्लिंग, आपकी ज्यादा समझदारी इसी में है कि मेरी ग्रीन लेबिल चाय को खोखा छाप चाय होने से बचाओ।”

ब्रजमोहन मित्तल ने उपसचिव बनने के एक वर्ष के अंदर मारुति सुजुकी 800 खरीदी थी। वह कार सहित अपने शहर वापस आए थे।

कथाकार का यह कर्तव्य या धर्म होता है कि कथा की आंतरिक और बाह्य सेहत की खातिर वह पात्र यानी चरित्र के बारे में वे तथ्य व जानकारियां भी जुटाए जो परिचितों, अर्धपरिचितों या संपर्क में आए हुओं से दबी-छिपी

रहती हैं या उस तरह उनके सामने नहीं होती हैं जिस तरह वे होनी चाहिए। कथाकार यदि पाठकों को कथा के मंतव्यों और आशयों से ठीक-ठीक जोड़ नहीं पाता है तो यह उसके कहने का खोट या उसकी कोई कमी है। कथाकार सच की प्रस्तुति करता है कथा के जरूरी व सही बाने में।

यह आठ-नौ साल पहले की बात है और उनकी शहर वापसी के दो-तीन साल बाद की। जामाता का छोटा सगा भाई भोपाल से अपने कारोबारी काम के सिलसिले में आया हुआ था। उन्हीं के पास ठहरा था। उसकी सुविधा व सहूलियत के लिए उन्होंने अपनी कार के साथ ड्राइवर भी सुलभ कर दिया था। ड्राइवर ड्राइवरी के अलावा दौड़-धूप वाले उनके दीगर काम भी करता था। दूसरे दिन एक अधेड़ महिला को सड़क पार करते हुए कार से ऐसी टक्कर लगी कि वह नाले में जा गिरी और उसकी मृत्यु हो गई। कार जामाता का भाई चला रहा था, मोबाइल पर बात करता हुआ। पचास वर्षीय ड्राइवर दिल बड़ा रखता था। वह मेहमान से मालिक के रिश्ते की नजाकत को जानता था। मेहमान के पुलिस के सामने यह कहने पर कि ड्राइविंग सीट पर वह नहीं ड्राइवर था उसने झट वैसा कबूल कर लिया था। ड्राइवर की मुकदमे में सजा हो गई थी। ड्राइवर जब जेल में था, उसका अपराधी प्रकृति का लड़का कच्ची शराब बनाने के धंधे में पकड़ा गया। संयोग से उन दिनों ब्रजमोहन के सहकर्मी रहे मित्र का पुत्र जिले में बतौर पुलिस कप्तान तैनात था। उनके दिलचस्पी लेने पर ड्राइवर का लड़का तफतीश में गलत फंसा माना गया। कुछ ही माह बाद इस लड़के की एक राहजनी की वारदात में संलिप्तता पाई गई। उनके फिर पैरवी करने पर इस मामले में भी उसकी संलिप्तता बेसबूती दिखाई गई। पुलिस कप्तान की इस सलाह पर, 'अंकल, अपराधियों को प्रश्रय देने से आपकी छवि दागी होगी' और इसी के साथ मन में यह विचार जगा पाकर कि उन्होंने ड्राइवर की नमक हलाली की भरपाई कर दी है, ड्राइवर से फासला बना लिया था। उस वारदात के बाद उन्होंने कार निकालकर एक बाइक खरीद ली थी। लखनऊ के सेवाकाल में कार लेने से पहले वह स्कूटर चलाते थे और वह अनुभव सजीव था।

कार के वाकये से लगभग दो साल बाद वह वाकया भी समस्या खड़ी कर देने वाला था। वह वाकया खुल-फैल न पाकर जल्द ही जमींदोज हो गया था। इसलिए समस्या सड़ान व बदबू देने से पहले निबट गई थी। पड़ोसी जनपद के एक राजनेता थे। तीन बार विधायक रह चुके थे। सचिवालय आते

रहते थे। काम के सिलसिले में तो उनसे मिलते थे ही, काम कारण न बनने पर भी केबिन में आकर बैठ जाते थे। खादी के श्वेत धवल वस्त्र पहनते थे, कुर्ता-पाजामा। सर्दियों में पहनावा नरम रंग का होता था। सिगरेट विदेशी ब्रांड की पीते थे। उनको भी पेश करते थे। जबान शीरी थी। बातचीत में खुलापन रहता था। वह उनके शहर के अपने एक करीबी संबंधी के एक पारिवारिक आयोजन में शिरकत करने आए थे। उनसे भी मिलने चले आए थे। वह उतरती सर्दियों का तीसरा पहर था। वह बाइक पर बाहर निकलने जा रहे थे। उन्होंने राजनेता को ड्राइंगरूम में बैठाकर कहा कि उन्हें गुजर रहे एक करीबी से मिलने स्टेशन जाना है। अधिक से अधिक आधा घंटा लगेगा। पत्नी की मृत्यु हो चुकी थी। खाना बनाने के लिए सुबह-शाम एक रसोईदारनी आती थी। दिन के काम के वास्ते एक पहाड़ी छोकरा लगा रखा था। उससे कहा, "प्रताप, साहब का खयाल रखना। चाय, कॉफी जो भी बताएं बनाकर पिला देना, कायदे से।" यों तो राजनेता ने छूट दे दी थी, "इत्मीनान से अपना काम निपटाएं, उनके पास वक्त की कमी नहीं है," फिर भी ब्रजमोहन मित्तल आध घंटे से पहले ही लौट आए थे। प्रताप रो रहा था और राजनेता उसे चुप कराने की कोशिश कर रहे थे। प्रताप का रोना उनको देखकर और भी तरल हो गया था, "आपका शाब ने मेरे शाथ बूरा काम किया। मुझे बोला तुझको भी भौत मजा आएगा। मुझे नंगा लेटा दिया। मेरा चूतड़ में जखम हो गया है।" उसने अंगुली में आया खून दिखा दिया।

चेहरे पर गड़ी आंख पाकर राजनेता ने निर्लज्जता को अमुखर बनाते हुए दबे स्वर में कहा "यार बी. एम., तुम्हारे सर्वेंट को देखकर मुझ पर कामदेव सवार हो गए। मैं अपने को कंट्रोल कर नहीं पाया। मुझमें, मैं स्वीकारता हूं, यह कमीनी कमजोरी है। अब हो गया सो हो गया। यार बी. एम., तुम होशियारी से इस हो गए को संभाल लो। मैंने इसको पचास रुपए दिए थे। पचास और दे रहा हूं।" राजनेता वहां से खिसक लिए।

ब्रजमोहन ने नौकर छोकरे को खून साफ करने के लिए रुई दी। एंटीसेप्टिक क्रीम चुपड़वा दी। एक पुराना नेकर पहनने को दे दिया। अपने लिए चाय बनाई तो उसके लिए भी चटक मीठी बना दी। घर पर उपलब्ध पेनकिलर की टेबलेट खिला दी। टी. वी. के सामने कार्टून वाला प्रोग्राम लगाकर बैठा दिया।

छोकरे प्रताप का रिश्ते का चाचा, जो फासले वाले ठिकाने पर रहता था, हफ्ता-दस दिन में मिलने चला आता था। उस दिन भी आ टपका। उसने चाचा

से बदफेली का बखान कर दिया। चाचा खिंचे स्वर में उनसे बोला, "शाब, आपका दोश्त ने ये तो बड़ा हरामी काम किया।"

"मेरे दिमाग में एक मिनट के लिए भी यह खयाल नहीं आया था कि वह इस तरह का कुकर्म करेगा। मैंने उसे अंग्रेजी में बहुत बुरा-भला कहा।"

"आपका दोश्त इहां रहता है? कहां रहता है?"

"यहां नहीं रहता है। जान-पहचान का था। मिलने आया था। ट्रेन से वापस चला गया होगा।"

आगे जोड़ा कि नेता लोग कमीन प्रवृत्ति के होते हैं। हाकिम-हुक्काम, पुलिस तक उनकी पहुंच होती है। अपनी करतूत पर परदा डालने के लिए उलटा शिकायतकर्ता को फंसा देते हैं।

कल रात्रि ब्रजमोहन मित्तल है से थे हो गए। जो घटा उसका ब्योरा कथाकार ही दे सकता है इसलिए दे रहा है। एक पखवाड़ा पहले ब्रजमोहन का बेटा पत्नी के साथ जर्मनी से आया था। यह उसकी दूसरी पत्नी थी। पहली पत्नी से ब्रजमोहन की मुलाकात विदेश जाने पर हुई थी। हेमबर्ग में, जहां बेटा और बहू जॉब करते थे, वह उनके पास दो सप्ताह तक रुके थे। उन दिनों उनके कोई बच्चा नहीं था। बाद में एक बच्ची हुई थी। करीब एक साल पहले बेटे ने जानकारी दी थी कि उसके पत्नी से संबंध दरार खाए हैं। फिर जानकारी आई कि कानूनी तौर पर तलाक हो गया है। बच्ची मां की सुपुर्दगी में दे दी गई है। फिर दूसरे विवाह की जानकारी मिली थी। बेटा अपनी इस दूसरी पत्नी के साथ भारत आकर तीन दिन उनके पास ठहरा था। वे जयपुर, गोवा घूमने चले गए थे। जर्मनी में क्रिकेट का खेल नहीं होता है। पिछले दो दिन से वे दिल्ली में थे। वहां होने वाले आई. पी. एल. मुकाबले में सचिन, धोनी, भज्जी जैसे स्टार क्रिकेटरों को भी देखने का सुनहरा मौका था। वह बेटे-बहू के आगमन पर अपनी हार्दिक प्रसन्नता तथा सामाजिक व्यवहार निर्वाह का मुजाहरा करने के लिए बीस-पच्चीस चुने हुए आत्मीयों, मित्रों, सुपरिचितों की दावत करने वाले थे। बेटे-बहू ने कहा था कि लौट आने के बाद वे सहमति से पार्टी की रूपरेखा को शक्ल दे देंगे। बहू के अपना नाम उर्सुला बताने पर जब उन्होंने उसे उर्मिला कहकर पुकारने की इच्छा जताई थी, वह उर्मिला नाम की पृष्ठभूमि जानकर खिलखिला दी थी, "यहां अपने लोगों के बीच यह इंडियन नाम एकदम सही रहेगा। उर्सुला और उर्मिला का उच्चारण बिलकुल एक-जैसा

है। बोथ आर टिव्हन सिस्टर्स (जुड़वां बहन)।" हेमबर्ग में जब वह पहली बहू से मिले थे उनको बेटे की पसंद सही लगी थी। इस दूसरी बहू को देखकर भी बेटे की पसंद सही पाई थी, बल्कि पहली से कुछ चटक ही। पहली बहू बोलती ज्यादा थी और हर मुद्दे पर बहस करने की उसकी आदत थी। इस दूसरी बहू की आंखों और चेहरे पर हरदम एक किशोर मुस्कान थिरकती रहती है।

बेटा वाइन लेकर आया था। वह पहले वाइन और मीट लेते थे, मंगल और शुक्रवार बचाकर। इधर अरसे से दोनों को अलविदा कह दिया था। वाइन की रखी वाटल्स पर नजर एक सप्ताह पहले भी गई थी, मगर तब उसकी चाहत दबा गए थे। कल शाम दबा नहीं पाए थे। उन्होंने अंडे की भुजिया बनवाकर पहले एक पैग लिया, फिर दूसरा। रात पूरा खाना खाया। टी. वी. पर दिलचस्प प्रोग्राम को चुनने के लिए दो-दो मिनट के अंतराल से चैनल बदलकर झलकियां देखीं। पेट में मरोड़ उठी। मरोड़ की बेध्यानी की। मरोड़ उग्र हो गई। जब तक लैट्रीन तक पहुंचें-पहुंचें कपड़े खराब हो गए। खराब हुए कपड़ों को साफ किया, डिटरजेंट अच्छी तरह लथेड़कर। उनकी याद में इस तरह कपड़े पहली मर्तबा खराब हुए थे। बदले हुए कपड़े दस मिनट के अंदर दुबारा खराब हो गए। कपड़े धुलने की व्यवस्था कर रखी थी, मगर उस व्यवस्था का सहारा लेने में उनकी उस उपहासजनक स्थिति पर से परदा उठने का खतरा था। उन्होंने दुबारा उन टट्टीग्रस्त कपड़ों को साफ किया। नहाए भी। वह कमरे में बैठकर बहू-बेटे के आगमन से संबंधित पार्टी के वेन्यू और मेन्यू की ओर ध्यान ले जाने लगे। अपनी उस जुगुप्सामयी दशा से कुछ और कसकर उबरने के लिए उन्होंने टी. वी. फिर से खोल लिया। इस बार लगे चैनेल पर जो विदेशी मूवी आ रही थी उसमें चूमा-चिपटी थी। उन्होंने कहीं पढ़ा था कि वाइन और पोर्न फिल्में बुढ़ापे की दुष्प्रभावी अनुभूति का शमन करती हैं। वह उस फिल्म से अधिक देर तक बंध नहीं सके। अंदर बेचैनी उठ आई थी। बेचैनी बढ़ गई थी, छिटकन और चिलकन में ढलकर। वह ड्राइंगरूम पार कर बाहरी बरामदे में आ गए। वहां आगंतुकों के लिए चार कुरसियां पड़ी रहती थीं। वह एक पर बैठ गए। लगा कि बाहर के खुलेपन ने बेचैनी कम की है। नहीं, बेचैनी कम नहीं हुई थी। बाहर एक तख्त भी पड़ा रहता था। वह उस पर लेट गए। पेट की मरोड़ के लिए वक्त-जरूरत उपयोगी सिद्ध होने वाली पास में रखी चंद दवाओं में से वह एक ले चुके थे। नींद की गोली भी ले ली।

ब्रजमोहन का मकान, जिसे कोठी भी कहा जाता था, उसके उत्तर में एक

चौड़ा गलियारा पार सिंघल साहब का मकान था। सिंघल साहब बैंक में मैनेजर थे और पार्टी में शामिल होकर देर से लौटे थे। जब वह मकान की ऊपरी मंजिल वाले अपने कमरे में सोने आए, उन्हें कमरे की खिड़की से मित्तल साहब के बरामदे में तख्त पर कोई शख्स लेटा दिखाई पड़ा। बरामदे में रात में बत्ती का जला होना और वहां किसी शख्स का लेटा होना असामान्य-सा था। उन्होंने टोह वाली नजर बरामदे में एक सिरे से दूसरे सिरे तक दौड़ाई। लगा कि नंगे तख्त पर जो शख्स लेटा है, वह उस कोठी का स्वामी है। पुष्टि के लिए खिड़की से टॉर्च की रोशनी चेहरे पर डाली। मित्तल साहब ही हैं। उन्होंने तीन–चार बार तेज आवाज में मिस्टर बी. एम., मिस्टर बी. एम. की पुकार लगाई। फिर फोन लगाया। रिंग गई लेकिन कोई जवाब नहीं। वह अपने जवान बेटे को साथ लेकर रास्ता बनाते हुए बरामदे में आ गए। तख्त पर बी. एम. ही थे, लेकिन मृतावस्था में।

रात में ही और सुबह ब्रजमोहन के निधन की सुनगुन पा लेने वाले उनके बारे में चर्चा करने लगे–बड़ी साफ-सुथरी जिंदगी जी। छोटी, टुच्ची बातों में कभी नहीं पड़े। सरकार में सेक्रेटरी जैसे बड़े पद पर रहे तो रिटायरमेंट के बाद भी पद की गरिमा और शान बनाए रखी। घर पर बिला शिकन–धब्बे का झक सफेद कुर्ता–पाजामा पहनते थे। सर्दियों में फुंदनेदार कमरबंद वाला ऊनी गाउन जिस्म पर रहता था। शुरू में बालों में सुनहरा खिजाब लगाते थे। उन बालों में भी खूब जंचते थे और जब खिजाब लगाना छोड़ दिया तब दूधिया सफेद बालों में भी। पुण्यात्मा और ज्ञानीजन अपनी मृत्यु का आभास पा लेते हैं। मित्तल जी बाहर बरामदे में आकर लेट गए और बिना किसी कष्ट-पीड़ा के प्राण चुपचाप त्याग दिए।

रात में ही ब्रजमोहन के बेटे को ब्रजमोहन के मोबाइल में फीड नंबर पर फोन कर दिया गया था। बेटा–बहू दिल्ली से सुबह आ गए थे।

शव–यात्रा में खासी संख्या में लोग थे। उस क्षेत्र के अलावा अगल–बगल के मोहल्लों के भी थे। धुर दूर के भी।

शव–यात्रा के दौरान भी लोग उनके कुलीन घराने वाले आचरण व व्यवहार की बातें कर रहे थे–बाजार-हाट बहुत जरूरी होने पर ही जाते थे। नपे–तुले शब्दों में अपनी बात रखते थे। दूसरे से नाइत्तिफाकी पर खामोशी अख्त्यार कर लेते थे। इलाहाबाद बैंक के कैशियर वैश्य ने बताया कि जब उनको अपने पेंशन खाते से पैसा निकालना होता था, वह उसको फोन कर देते

थे। बैंक जाते वक्त वह चेक ले लेता था और बैंक से वापसी पर रुपए दे देता था। रुपए वह गिनते नहीं थे। चेक देते और रुपए लेते दोनों समय वह थैंक्यू कहते थे। यह भी अकसर कहते थे कि वह अपने बच्चों को तालीम अच्छे पब्लिक स्कूल में दिलाए। अच्छी तालीम बच्चे को ऊंचाई पर पहुंचाने की पाएदार सीढ़ी होती है। पड़ोस में एक रहने वाले ने बताया कि अगर वह सुबह-शाम अपने बाहरी दरवाजे पर खड़े होते थे और किसी ने राम-राम या सलाम किया तो वह उसका राम-राम या सलाम स्वीकार करने में चूक नहीं करते थे। हलका सा मुस्कराकर हाथ उठा देते थे।

श्मशान भूमि में भी बातों का यही सिलसिला बना हुआ था। चिता की तैयारी, दाह-कर्मकांड आदि में समय लगना था। लोग छोटे-छोटे समूह में बैठने के ठियों पर बातों को लिए हुए बैठ गए थे। बातों में उन्हीं खूबियों, विशेषताओं, गुणों का बखान था कि वह घर पर साफ, बेदाग सफेद कुर्ता-पाजामा पहनते थे, कि उन्होंने पहचत्तर वर्ष की निरोग जिंदगी जी थी और अपना अंतिम समय जानकर बाहर आकर लेट गए थे, जो बिरले व्यक्ति ही ऐसा करते हैं, तो कई नई खूबियां, विशेषताएं भी गूंथी-पिरोई जा रही थीं। ब्रजमोहन जी नियमों का पालन करते थे। हाउस टैक्स, वाटर टैक्स समय से नगरपालिका में जमा करा देते थे। इनकम टैक्स का रिटर्न भरने का जिम्मा उन्होंने एक सी. ए. को सौंप रखा था। वहां आए हुए विद्युत विभाग के एक सेवानिवृत्त कर्मचारी ने बताया कि मित्तल साहब के मीटर ने रीडिंग देना बंद कर दिया था। मित्तल साहब ने पहले फोन से उस खराबी की सूचना संबंधित अधिकारी को दी, दो सप्ताह इंतजार करने के बाद फिर रजिस्टर्ड डाक से उस बावत लिख भेजा। और कोई होता तो ठप हो गए मीटर का बेजा फायदा उठाता। एक अन्य समूह में शामिल व्यक्ति ने जानकारी जोड़ी कि मित्तल साहब की इंगलिश बहुत उम्दा थी, किसी अंग्रेज जैसी। वह अखबार में लिखते थे। वास्तविकता यह थी कि सड़कों पर आवारा पशुओं का विचरना बंद किया जाए, रविवार को भी सार्वजनिक स्थानों की सफाई हुआ करे जैसी नागरिक सुविधाओं की उपलब्धता या किसी ज्वलंत मुद्दे से संबंधित उनके चार-पांच पत्र लेटर टू द एडिटर कॉलम में प्रकाशित हुए थे, कट-छंटकर।

कार की टक्कर से औरत के मरने की वारदात का इल्म रखने वाले ने अपनी भूमिका अदा करने के लिए उस इल्म का फायदा उठाया कि अगर ड्राइवर ने मित्तल साहब के खाए नमक का खयाल कर वारदात की जिम्मेदारी

अपने सिर पर ले ली थी तो मित्तल साहब ने भी फर्ज-अदाएगी में कोई कोताही नहीं की थी। जब तक ड्राइवर जेल में रहा, मित्तल साहब ड्राइवर की पगार उसकी पत्नी को हर माह भिजवाते रहे थे। वास्तविकता यह थी कि उन्होंने अपने एक संबंधी वकील को उसके बचाव के लिए खड़ा कर दिया था। दो-चार बार औरत के आने पर सौ-पचास रुपए उसे पकड़ा दिए थे।

बेबात को बात की शक्ल देकर उसे पैर दिए जा रहे थे, मित्तल जी ने जब रात में शरीर त्यागा वहां दो कबूतर आसपास बराबर बने रहे। लाश जब टिकठी पर रखी गई, बरामदे की मुंडेर पर दुबके बैठे उन कबूतरों ने एक चक्कर लगाया और फिर आकाश में उड़ गए।

"हैसियत बुलंद इनसान थे। वहां फाख्तों की नहीं तो क्या कौओं की मौजूदगी होती?"

एक और शरीक ने उस कहे में दम भरा, "शेर के दांत में फंसे गोश्त को मोर निकालता है, कौआ नहीं।"

वृद्धावस्था में आ धंसे एक व्यक्ति ने बात को पीछे मोड़ दिया, ब्रजमोहन के पिता श्री कृष्णमोहन मित्तल की ओर। पीछे की तरफ दूसरों को ले जाने, उधर दिखाने से बूढ़ों की अपनी पहचान बनती है कि वे ही ऐसा कर सकते हैं। कोई मौका मिलने पर इसलिए वे इस तरह पेश आने से चूकते नहीं हैं।

कथाकार द्वारा—कृष्णमोहन मित्तल का भी अपना नाम था। इसे यों भी बयान किया जा सकता है कि वह भी उस घराने के एक पाएदार स्तंभ थे। पढ़ाई पूरी कर आय से जुड़ने की दृष्टि से करने को उन्होंने किया यह था कि एक बीमार कोल्डस्टोरेज खरीद लिया। फिर उसके संचालन के लिए अनुभवी के साथ एक होशियार-चतुर किस्म के आदमी को रख लिया। रुग्ण स्टोरेज तेजी से स्वास्थ्य लाभ प्राप्त करता हुआ अति स्वस्थ हो गया। आलू निकासी के दिनों में उनके पास जब एक असामी शिकायत लेकर आया कि उसने पचास बोरी आलू रखा था जब कि दिया चालीस बोरी जा रहा है, उन्होंने कहा था कि पहली बार वह इस तरह की बात सुन रहे हैं। निकासी की अवधि में जब हफ्ते-दस दिन के अंतराल से चार-पांच ऐसी शिकायतें और आईं, उन्होंने शिकायकर्ताओं से कहा कि उनका मैनेजर ही सारा काम देखता है और वही माल का लेखा-जोखा रखता है, इसलिए सही यह होगा कि वह मैनेजर को ही अपनी बात समझाएं और खुद भी मैनेजर की बात समझें। जब एक ने कहा कि मालिक वह हैं और गड़बड़ी की जिम्मेदारी उनकी बनती है तब उनका

उत्तर था कि उनका मैनेजर पांचों वक्त नमाज पढ़ता है, पूरे रोजे रखता है। ऐसे इनसान की ईमानदारी, नेकनीयती पर कैसे शक-शुबहा किया जा सकता है। एक असामी ने जब उनसे भीगी आवाज में कहा कि उसने बिटिया का जेवर गिरवी डालकर माल भरा था और उसका असल भी डूब जाएगा, तब भी उन्होंने मैनेजर का नमाजी और रोजेदार होना कहकर उसकी शिकायत को किसी गलतफहमी से पैदा बताया था। यह भी कहा था कि खराब भरा हुआ माल और ज्यादा खराब हो जाता है।

एक जायदाद के मामले में मैनेजर की हत्या हो गई। कोल्डस्टोरेज बीमार हो गया। बीमारी खिंचती चली गई। उन्होंने कोल्डस्टोरेज किराए पर उठा दिया।

उनकी चर्चा चलाने वाले ने कहा, "ब्रजमोहन जी के पिता कृष्णमोहन जी सही फ़ैसला लेने की अद्‌भुत समझ रखते थे। उनका कोई भी फैसला गलत नहीं होता था।"

एक अन्य जानने वाले ने जोड़ा, "कृष्ण मोहन साहब ने अपनी बड़ी बेटी जयपुर में जिस घर में ब्याही है वहां हीरे का काम होता है। मुंबई वाली छोटी बेटी के आदमी का कोलाबा जैसी सुपर जगह पर बीस कमरों का होटल है। चार कारें हैं। छोटी बेटी का आदमी अपनी औरत की तरह सुंदर नहीं है। नाटा थुलथुल है, फुटबाल जैसा। मगर इससे क्या? आदमी अगर सिनेमा के हीरो की मानिंद सुंदर है, है लेकिन फटेहाल तो ऐसी सुंदरता किस मस्रिफ की? गांठ से चोखा मजबूत लंगड़ा-लूला आदमी भी अपनी औरत की निगाह में सांझ-सबेरे आरती उतारा जाने वाला हो जाता है। सुंदरता की कमी की भरपाई दौलत कर देती है।"

कृष्ण मोहन को जानने वाले ने उनके एक खास शौक का जिक्र कर दिया, "बचपन और जवानी दोनों में वह पतंग के सीजन में शाम का घंटे-डेढ़ घंटे का वक्त पतंगबाजी में सर्फ करते थे। कहते थे कि यह नवाबों का शौक था। हर शौक के फायदे हैं। पतंगबाजी एक किस्म की आंखों की वर्जिश है। आंख की रोशनी को बुढ़ापे तक उजली बनाए रखती है। साठ पार की उम्र में भी उनमें यह शौक बना रहा था। वसंत पंचमी पर नदी किनारे मैदान में लगने वाले मेले में वह तीसरे पहर आ जाते थे। नौकर चरखी और पतंग लेकर पहले पहुंच चुका होता था। माझा उनका अपना तैयार करवाया हुआ होता था, स्पेशल। वह पतंग को हवा का रुख देखकर आसमान में तान देते थे। उनकी पतंग से भिड़ने के लिए कोई पतंग दाएं-बाएं आई नहीं कि बेचारी रांड बन

जमीन की शरण तलाशने लगती थी। विपक्षी पतंग की वैसी दशा करने के लिए वह अपनी पतंग की डोर को बस अंगुली से हलका सा कसते या ढीला करते थे। पंद्रह-बीस बल्कि उससे भी कहीं ज्यादा पतंगें कट जातीं और कृष्ण मोहन जी की पतंग आखीर तक आसमान में तनी रहती। उतारी जाकर ही नीचे आती।"

उस नवाबी शौक को बताने वाले ने यह भी जानकारी परोसी, "आपको बताऊं, एक मर्तबा मेले में एक झंटुल पतंग ने मित्तल जी की पतंग को काट दिया। भइए, ऐसा नहीं कि मित्तल जी की पतंग कभी कटी न हो। उस मर्तबा काटने वाली पतंग ही झंटुल नहीं थी, उसको उड़ाने वाला भी वैसा था, एक चिकवे का कमउम्र छोकरा। काटकर छोकरा बदतमीज बन गया। उछल-कूद करने लगा कि मित्तल लाला की पतंग देखो पकड़िया में जाके फंस गई। अब बंदर मामू उसकी मां-भैन एक करेगा। मित्तल नहीं, मुत्तल को बड़ा नाज था अपनी उस्तादी का। मैंने मुत्तल की उस्तादी को मुत्ती करा दी। मुत्तल की धोती भी गीली-पीली हो गई होगी। ...मित्तल जी का नौकर उधर दौड़ गया। पीछे-पीछे पांच-सात मित्तल जी के कद्रदान भी। छोकरे की पतंग तोड़ दी गई। डोर-चरखी नदी में फेंक दी गई। ढंग से कुटम्मस भी कर दी गई।"

"मैंने सुना, मित्तल जी की पतंग तब कटी जब वह किसी से बात कर रहे थे।"

"वहां मौजूद मेरे मामा का कहना था कि उस वक्त पतंग की डोर मित्तल जी के मिलने वाले ने पकड़ रखी थी।"

उस चर्चा-चर्वण में यह भी निकला कि अगले वसंत मेले से एक दिन पहले कृष्ण मोहन मित्तल को बुखार आ गया था। दूसरे वर्ष के मेले में भी वह शामिल नहीं हुए थे। उनको कहीं बाहर जाना था। फिर वह शौक उनके लिए शौक नहीं रहा।

"कृष्ण मोहन साहब ने भी भरी-पूरी जिंदगी जी थी। मरने से पहले सीने में दर्द उठा था। जब तक डॉक्टर आता, उन्होंने चोला त्याग दिया था।"

वहां उस घराने की उससे भी पूर्व पीढ़ी का सिरा निकल आया था या कहा जाए कि निकाल लिया गया था। ऐसा होना निरा संयोग या अजूबा नहीं था। किसी घराने की तीन पीढ़ियों को जानने वाले उस घराने के आसपास के जीवितों में पांच-सात जन होते ही हैं। पहली या दूसरी पीढ़ी के बारे में भले ही उनकी जानकारी एकदम सीधी न हो, यानी फर्स्ट हैंड, वह सीधी के

करीबी या उससे जुड़े माध्यमों से हासिल की हुई तो होती ही है।

यह भी सच है कि किसी घराने या कुल का तीन पीढ़ियों का लेखा-जोखा ही उस घराने या कुल की सही-सही तस्वीर बनाता है।

कथाकार द्वारा-उस घराने की उस पहली पीढ़ी के कर्ता-धर्ता या प्रतिनिधि का नाम राममोहन मित्तल था। वह मित्तल नं. 1 जमींदार थे। चूंकि वह पढ़े-लिखे थे और घराना कुलीन था, अंग्रेजी हुकूमत ने, जिसके वह खैरख्वाह थे, उनको ऑनरेरी मजिस्ट्रेट बना दिया था। इन मित्तल नं. 1 के पास तांगा घोड़ा अपना था। घोड़ा चिकनी चमकदार खाल वाला सफेद रंग का था। उसके जुतने से तांगा खिल जाता था। उनके बैठने से और भी। वह हफ्ते में तीन दिन फौजदारी के मामूली दफाओं वाले मुकदमों की सुनवाई करने कचहरी जाते थे। वह एक हाईस्कूल के मैनेजर भी थे।

"मेरे छोटे बाबा उसी स्कूल में बाबू थे।" मित्तल नं. 1 के बारे में बात घूम जाने पर एक पकी उम्र का शरीक अहम जानकारी देने लगा, "छोटे बाबा बताते थे कि राममोहन जी आम के बड़े रसिया थे। स्कूल का साइंस मास्टर मलिहाबाद का रहने वाला था। मलिहाबाद जाने पर वह झाबा भर धीरे-धीरे पकने वाले गद्दर आम ले आता था। राममोहन जी हर बार आम के रुपए देने की पेशकश करते थे। साइंस मास्टर हर बार हाथ जोड़ देता था। राममोहन जी तब कहते थे, किसी पर बेजा भार डालना मुझे कतई पसंद नहीं। आगे से मैं आम लिया नहीं करूंगा। साइंस मास्टर तब कहता था, मैं आपका बेटा हूं। राममोहन जी मुस्कराकर कहते थे, बेटे का रिश्ता बनाकर तुम मुझे मजबूर कर देते हो। वह साइंस मास्टर बाद में उनकी ही मैनेजरी में हेड मास्टर बन गया था।"

लगभग उसी उम्र के एक दूसरे शरीक ने अपने पास की जानकारी आगे बढ़ा दी, "मित्तल साहब रसूखदार आदमी थे ही। मित्तल साहब ने जिला कलक्टर से एक नजूल जमीन का पट्टा अपने नाम करा लिया। चार-पांच साल में उधर तक बस्ती फैल आई। जमीन खासी पैमाइश वाली थी, सड़क से लगी हुई भी। मित्तल साहब ने उसका पट्टा फिर दूसरे के नाम करवा दिया। इस पट्टा तबदीली में उनकी खासी मोटी कमाई हो गई थी।" आधा मिनट रुककर शरीक बोला, "लोग ऐसा करते हैं। मित्तल साहब का वह काम इसलिए गलत नहीं कहा जा सकता है।"

इसी शरीक को एक और हासिलशुदा जानकारी की याद आ गई। उसने उसे भी सामने कर दिया, "मित्तल साहब अपनी कोठी के बाहरी दरवाजे पर

खड़े थे। एक बहेलिया दो-तीन पिंजड़ों में पक्षी भरे हुए सामने से गुजरा था। मित्तल साहब ने बुला लिया। जिस पिंजड़े में तोते की टुइयां थीं, खिड़की खोल दिए जाने पर वे तो नहीं उड़ीं, पीली, गुलाबी छोटी-छोटी रंगीन चिड़ियां दूसरे पिंजड़े से निकलकर सब उड़ गईं। मित्तल साहब बोले थे, चिड़ियों की सही जगह आसमान है। मित्तल साहब ने बहेलिए को पांच रुपए दे दिए थे। तब का पांच का नोट आज के पांच सौ के नोट बराबर था।"

मित्तल नं. 1 राममोहन व मित्तल नं. 2 कृष्ण मोहन को परे रखकर मित्तल नं. 3 ब्रजमोहन पर ही वापस आया जाए, क्योंकि उस शहर के उस क्षेत्र के नामी घराने की कथा उन्हीं से शुरू हुई थी और अभी वह शेष थी। शव-यात्रा में शामिल न हो सकने वाले श्मशान भूमि पहुंचकर अपने सामाजिक या पारिवारिक या मैत्री दायित्व का निर्वाह करते हैं। ऐसे अनेक लोग भी पहुंच गए थे।

श्मशान भूमि में अपने जिस्म को ढोता हुआ-सा जो अब दाखिल हुआ था, वह अधेड़ उम्र में आ गिरा व्यक्ति था। उसके सिर पर अधसंवरे बाल थे, चेहरे पर चार-पांच दिन की उगी शेव की रेगमाली पट्टी थी, आंखें अंदर धंसी हुई थीं जब कि होंठ बाहर धकियाए हुए थे। वह रंग खोया कुर्ता व घिसा हुआ ढीला पतलून पहने था। पैरों में पैरों से भागती हुई चप्पल थी। वह भी मित्तल था, भगवान स्वरूप मित्तल और ब्रजमोहन मित्तल की वंशावली की किसी शाखा से कहीं वह भी जुड़ता था।

यह नया मित्तल भगवान स्वरूप अत्तार था। उसकी अत्तारी की बाजार की पिछली से पिछली कतार में एक छोटी सी दुकान थी। डकार, बदहजमी, कब्ज, पित, कफ, नजला, ज्वर जैसे आम रोगों की वह औषधियां रखता था। अनेक स्वयं की तैयार की गई होती थीं। गुलाबजल, चांदी के वर्क, ठंडाई, आयुर्वेदिक चाय, पाक जैसा आनुषंगिक सरंजाम भी रखता था। आंवला, सेब, बेल का मुरब्बा भी घर का बनाया हुआ होता था। वह र को ल तथा टकार वर्ग के अक्षरों को त, थ या ल बोलता था-आपने कतहल की सब्जी खाई होगी तभी पेत में अफला है। वह तुतला अत्तार या तुतला हकीम के नाम से जाना जाता था। दिन भर दुकान पर जमे रहने पर भी बमुश्किल पचास-साठ रुपए ही कमा पाता था, सो भी मरीज को राजी करने के तौर-तरीके अपनाने या फुसलाने पर।

"मेली दवा को सुबह उथने पल औल लात सोते समय दो-दो चम्मच ताजे पानी के साथ लेने पल जोलों (जोड़ों) का दलद हफ्ता भल में छू-मंतल

हो जाएगा। ये भुनी हुई मेथी, सोंथ, मुलैथी, पीपल का मिसलन (मिश्रण) है। लाम वाद दवा है। आजमा के देखिए, लाभ न हो तो हकीम जी को जैसा चाहना वैसा बुला-भला सुनाइएगा।"

"नहीं, दस लुपए से कम की यह सीसी नहीं। बाबा लामदेव वाली इत्ती बली सीसी पचास लुपए की मिलेगी।"

एक और मरीज से, "मेहलबानी कल सहद के पांच लुपए दीजिए। चाल में घाता है। इससे आधे सहद की डाबल कंपनी की सीसी बीस लुपए में मिलेगी। नीम के पेल के छत्ते का सहद है। ऐसा सहद अपने में खुद दवा है।"

यह नया मित्तल छह-सात बेल कम पैसों में दो दिन पहले पा गया था। आज जब वह बेल का मुरब्बा तैयार कर रहा था तब उसे ब्रजमोहन मित्तल के निधन की खबर मिली। मुरब्बा पकाने में समय लगा। फिर वह डेढ़ किलोमीटर का फासला कड़ी धूप में तय कर आया था। उसने थोड़ी देर एक छायादार दरख्त के नीचे टिके रहकर अपने को दम दिया। इस दम को और दम देने के लिए हैंडपंप चलाकर पानी पिया। फिर एक समूह में शामिल हो गया। समूह में उस नामी घराने की खूबियों, विशेषताओं से जुड़े छोटे-बड़े प्रसंगों, सामान्य से इतर बातों का जिक्र एक या दूसरे रूप में अब भी हो रहा था। इस बाद में आए मित्तल ने अपने को चर्चा का केंद्र बने मित्तल का खानदानी होना बताया। बताकर बात अपने वाले कुल गौरवों की ओर ले गया कि उसके लक्कड़ दादा चंडी प्रसाद गदर की लड़ाई में शहीद हुए थे और उसके ताऊ शिव प्रसाद अंग्रेज सरकार की फौज छोड़कर नेता जी की आजाद हिंद फौज में शामिल हो गए थे। रंगून के जंगल में नेता जी की फौज की तरफ से लड़ते हुए ताऊ को अंग्रेजी फौज ने कैद कर लिया था। जब वह पानी के जहाज से देश वापस ले जाए जा रहे थे, उनका मलेरिया बुखार से स्वर्गवास हो गया था। कथा की सेहत के लिए कथाकार का यहां भी बताना कर्तव्य या धर्म है कि यह मित्तल दूसरों को प्रायः ऐसा जो अवगत कराता था उसमें सच्चाई थी।

"पर तुमने तो अपने इन महान् पुरखों के नाम की लुटिया डुबो दी। चोरी के तार का धंधा किया, पकड़े गए।" उस समूह में बैठे एक शरीक ने उसके दावे के पंख कतरे।

"ये झूत है। तेलीफून का ताल मेले किलाएदाल के ललके के कब्जे से बलामद हुआ था। किलाएदाल ने पुलिस की मुत्थी (मुट्ठी) गलम कल दी।

पुलिस ने ताल का मेले कब्जे में होना दिखा दिया। मेले ऊपल मुकदमा बिलकुल झूता है।" इस नए मित्तल ने आंख और स्वर दोनों में तमक लाकर उस आरोप का खंडन किया।

भगवान स्वरूप जमानत पर छूटने के बाद ब्रजमोहन की कोठी पर अपने मामले में हस्तक्षेप किए जाने की गुजारिश लेकर गया था। उस वक्त ब्रजमोहन के पास उन्हीं जैसा कोई भद्रजन बैठा था। वहां काम करने वाली बाई ने उसे वैसा बता दिया। दूसरी बार जाने पर अपने मालिक की उसके प्रति अरुचि जानकर बाई ने मालिक आराम कर रहे हैं ऐसा अपनी तरफ से बोल दिया था। तीसरी बार उसे ब्रजमोहन बाहरी खुले हिस्से में मिल गए थे। ब्रजमोहन ने बताया कि जिले में तैनात कोई भी हाकिम उनकी जान-पहचान का नहीं है। किराएदार से मकान खाली करवा देने वाली बिनती पर कहा था कि उसे इसके लिए मुकदमा दायर करना होगा।

इस नए मित्तल ने किराएदार की गैरमौजूदगी में उसके वाले हिस्से में अपना ताला जड़ दिया था। किराएदार के लड़के ने गुम्मे की चोट से ताला जड़-विहीन कर दिया था। धमकी दी थी कि इन हरकतों का नतीजा बुरा होगा। समझाया भी कि वह सरकारी वकील से कहकर मुकदमे में ऐसी कमजोरी पैदा करा देगा कि मुकदमा बेदम हो जाएगा।

पास के समूह से मजा लेने की नीयत से एक सजी-धजी काया वाला व्यक्ति आ गया, "हकीम जी, हम बंदों ने मान लिया कि आपके लक्कड़दादा और ताऊ देश की खातिर कुर्बान हो गए, लेकिन जनाब ने क्या किया। पैसे की लालच में चोरी के माल का धंधा शुरू कर दिया। छी-छी-छी।"

"ये झूत है, सलासल झूत। मेले किलाएदाल के ललके के पास तेलीफून का चुलाया गया ताल निकला था। पुलिस ने पैसे खाकल उसे छोल दिया, मुझे पकल लिया। देख लेना, मुकदमे में सर्तिया छूत जाऊंगा। ऊपल वाला मेले साथ न्याय कलेगा। मुझे चोल मानना थीक नहीं है-थीक नहीं है।" उसकी आंख और आवाज में तमक इस बार भड़की हुई थी। चेहरे व गले की नसें ऐंठा हुआ तार बन गई थीं।

इस मित्तल के साथ एक और हादसा हो गया था। वह भी हौलनाक था। पत्नी खाते-पीते घर की लड़की थी। उसकी एक आंख में फुल्ली थी। इस दोष के कारण विवाह में लगे अड़ंगे से उसकी उम्र बढ़ती गई थी। तब विवाह की गांठ उससे बांध दी गई। एक बेटे ने जन्म भी ले लिया। पत्नी उसकी

टोकाटाकी बरदाश्त कर लेती थी और नहीं भी करती थी। उसकी इस नहीं बरदाश्तगी को वह बरदाश्त कर लेता था।

वह हादसा चोरी के तार में जबरदस्ती फंसा देने वाले हादसे से चंद माह पहले हुआ था। पत्नी गुसलखाने में थी। वह जल्दी निपतकल बाहल निकलो, बाहल निकलो, मुझे देल हो लही है की रट लगाने लगा। पत्नी ने गुसलखाने से बाहर आकर उसकी इस बेतुकी रट पर नाराजगी जताई, "क्या अधनहाई निकल आती? दुंद जोत दिया, बाहल निकलो, बाहल निकलो, देल हो लही है, देल हो लही है। दुकान पल मानो हकीम जी के इंतजाल में मलीजों की लाइन लगी होगी।"

पत्नी कभी-कभी जब मखरी में या किसी बात पर तुनककर उसकी बोली पकड़ लेती थी, वह यदि आपा खोता भी था तो दबा-दबा सा, बिला ताप का। कल दुकान पर एक महंगे अर्क की बोतल फूट गई थी। उस नुकसान की चिनगी अंदर थी जो पत्नी के ऐसे उकसाऊ व्यवहार से भड़क उठी। पहले उसने थप्पड़ जड़े, फिर चप्पल से तड़ातड़ी की।

वह बगैर नहाए दुकान चला गया।

पत्नी में आंख की फुल्ली के अलावा एक और दोष था। उसके ऊपरी होंठ के हरियाए रोम मूंछ का आभास देते थे। उस मूंछ ने उसे मर्द बना दिया। अपने चार साल के बेटे को लेकर वह दो जिला पार भाई के घर चली गई। लौटी नहीं।

वह तुतला अत्तार या हकीम यानी भगवान स्वरूप मित्तल अकसर अपना दिमागी संतुलन गंवा बैठता था।

मजा लेने की मंशा से एक अन्य शरीक ने छेड़ा।

दो और शरीक गिरोहबंद हो गए।

"मैं अपने भाई की मैयत में सामिल होने आया औल आप सब मेले को पलेशान कल लहे हो। स्साले मेले पीछे पल गए हो। हजाल बाल कह चुका हूं मैं चोल नहीं हूं।" वह चीखा, "मैं चोल नहीं हूं।" और जोर से चीखा, "मैं चोल नहीं हूं-चोल नहीं हूं।"

वह लड़खड़ाया। गिर गया।

पांच मिनट के अंदर उसकी नब्ज डूब गई, सीने की धड़कन बंद हो गई, गले में डाला पानी बाहर ढरक आया।

जो घटा वह अप्रत्याशित था, अकल्पित, सोच से बाहर। वहां हौला पड़ गया। खलबली मच गई।

खिजाने के दोषी चुपके से खिसक लिए।

कुछ समझदार लोग ब्रजमोहन के बेटे के पास गए। बताया कि मृतक का शहर में कोई नहीं है। विधवा बहन है, मगर उसका भी पता नहीं कहां और किस हालत में है। मृतक रिश्ते में उनका खानदानी है।

वहां कुछ पहले बेटे की पत्नी टैक्सी कर अपने स्वर्गीय ससुर को अंतिम विदाई देने आई थी। उसने कुर्ता-शलवार पहन रखा था। सिर चुन्नी से ढंका हुआ था। आंख पर रूमाल टिका रखा था। विदेशी होते हुए भी उसे देशी वेश में देखकर लोगों ने सराहना भरे स्वर में संवाद किया था, मित्तल घराने को संस्कारवान बहू मिली है।

बेटे और पत्नी के बीच जर्मन में सलाह मश्वरा हुआ। खर्चा मामूली था, हजार, डेढ़ हजार रुपए का।

बगल में दूसरी चिता बिछा दी गई। बेटे ने पहले अपने पिता की चिता को अग्नि दी, फिर दूसरी चिता को।

यह प्रसंग भी भविष्य में उस घराने के नामी होने का प्रमाण बनेगा।

'वागर्थ', नवंबर, 2013

शैलनाथ या बैलनाथ

सत्तर पार की उम्र वाले उस व्यक्ति का नाम शैलनाथ शर्मा था। सरकारी नाम था यह। गैरसरकारी नाम कई थे। एक था बैलनाथ, एक था खुरूनाथ, एक था सनकनाथ, एक था गुरुघंटालनाथ। एक था...। अगल-बगल में रहने वाले एक हमउम्र ने, जो इंग्लिश डेली को ही पढ़ने लायक असल न्यूजपेपर मानता था, उनको 'ए वेरी डिफिकल्ट पज्जल' का नाम दे रखा था। आसपास का ही एक अन्य शख्स उनको करंटनाथ कहता था। वहीं का एक अन्य इस पर मुस्कराकर अपनी व्याख्या चस्पां करता था, "भाई साब, मामला डिफेक्टिव स्विच का है। सावधानी से ऑन करोगे, लाइट जल जाएगी। असावधानी हुई नहीं कि करेंट ने झटका मारा।" बैलनाथ नाम के साथ कोई-कोई 'मरखन्ना' का पुंछल्ला भी लगा देता था।

व्यक्ति की पर्सनाल्टी यानी व्यक्तित्व का स्ट्रक्चर यानी उसकी संरचना दो परत वाली होती है। एक अंदरूनी, एक बाहरी। अंदरूनी परत खास होती है। यह व्यक्ति की सोच, उसकी कार्यपद्धति, उसका जीवन पर पकड़ का ढब, उसके स्वभाव के उलझाव-सुलझाव, कहा जाए कि उसकी पूरी प्रकृति की संचालिका होती है। शैलनाथ के गैरसरकारी नामों के अभिधा से इतर जो अर्थ थे वे उनकी इस अंदरूनी परत के आधार तत्त्व थे, उसकी बुनियादी अलामतें। व्यक्ति की बाहरी परत देह के रूप में मूर्तिमय होती है। दूसरों के बीच पहचान के लिए यह पहचान बनती है, कई भिन्नताओं के कारण।

शैलनाथ के लंबे कद पर लंबी गरदन थी। सिर के बीच के हिस्से को छोड़कर गंज थी। बीच के बिना गंज के उस हिस्से पर केश-गुच्छ थे, जिनसे वह टापू सरीखा लगता था। चेहरा चौड़ा था। दाहिने नथुने पर उर्द के दाने बराबर मस्सा था। ऊपरी होंठ के दोनों किनारों तक फैली मूंछ की आधा इंच चौड़ी पट्टी के बाल कड़े व छितरे थे, शेप खो चुके टूथब्रश के बाल-जैसे।

सामने के दो टूट चुके दांत उन्होंने लगवाए थे। साथी दांतों के मुकाबले वे ज्यादा सफेद थे इसलिए उनका नकली होना आसानी से पता लग जाता था। वर्ण उनका गहरा सांवला था, वह सफेदी इसलिए और भी चुगलखोर बन जाती थी।

शैलनाथ असुंदर नहीं थे। वे दैहिक खास लक्षण उनकी दृष्टिगत पहचान थी।

शैलनाथ के मकान की स्थिति भी सामान्य से इतर थी। निचले हिस्से में दो चौड़ी गहरी दुकानें थीं। एक को एक किराना व्यापारी बतौर गोदाम इस्तेमाल करता था। दूसरी को दो कार मालिकों ने गाड़ी खड़ी करने के लिए किराए पर ले रखा था। शैलनाथ रिहाइश की सारी जरूरी जरूरतों को पूरा करने वाले ऊपरी हिस्से में रहते थे। निपट अकेले थे। कई वर्ष पहले पत्नी का निधन हो गया था। तीन बेटियां व एक बेटा था। विवाह के बाद बेटियां तो अपने घरबार की हो ही गई थीं, बेटा भी बिराना हो गया था। शहर में उसकी ससुराल थी। बहाना था कि सास अकेली हो गई है। बूढ़ी अकेली औरत को सहारे की ज्यादा जरूरत होती है। बहाने को यह कहकर भी दम दिया गया था कि उधर ही उसका मेडिकल स्टोर है। ससुराल में रहने से उसे अपने धंधे को भी संभालने में सहूलियत रहेगी। वह चुप रहकर एक मिनट तक खाली मुस्कराते रहे थे। फिर ये दो वाक्य बोले थे, "मैं तीन-चार महीने से तेरे इस बड़े फैसले का इंतजार कर रहा था। मैं अपना सहारा खुद हूं।" उन्होंने खाने के लिए टिफिन बांध लिया था। चाय-नाश्ता स्वयं तैयार कर लेते थे। आधा-पौन किलोमीटर दायरे के भीतरी काम पैदल ही निपटा लेते थे। वह टी. वी. पहले भी देखते थे। अब ज्यादा देखने लगे थे। उनके कमरे की एक बड़ी खिड़की सड़क पर खुलती थी। पहले भी वह इस खिड़की के पास कुरसी डालकर बैठते थे। अब ज्यादा बैठने लगे थे। चौदह सीढ़ियां उतरकर वह नीचे पाजामा-बनियान या बनियान पर कुर्ता, नहीं तो बुश्शर्ट डालकर मौसम ठंडक पकड़ने पर चादर लपेटकर अपनी दुकान की फसीलनुमा पटिया पर आ जाते थे। ऐसा वह अब ज्यादा करने लगे थे। सड़क पर सुबह से देर रात तक गहमागहमी रहती थी और कुछ न कुछ दिलचस्प, कौतुकभरा, सनसनीखेज, हैरतअंगेज, शाबाशी या धिक्कार वाला, यानी हर रस, हर टेस्ट का घटता रहता था। वह सड़क-दर्शन को भी दूरदर्शन यानी टी. वी. का देखना जैसा मानते थे, उसका लाइव शो।

शैलनाथ क्या हैं मुद्दा असल यह है और अब इसी असल पर आया जाए। पिछले पंद्रह माह के समय में उनसे जुड़े कई प्रसंग और उनकी छोटी-बड़ी अनेक गतिविधियां उनको समझने में सहायक बन सकते हैं। वे पूरी तरह उनको खोल देंगे, ऐसा पक्का दावा नहीं किया जा सकता है। फिर भी अधिक से अधिक उनके निकट पहुंचने का वह एक रास्ता है ही। पंद्रह माह का समय चुना इसलिए गया है कि पंद्रह माह पहले का प्रसंग उस दिशा में एक सही प्रस्थान बिंदु है।

तीसरे पहर से कुछ ऊपर का वक्त था। गर्मी से निजात दिलाने के लिए हवा के झोंके रुक-रुककर चल रहे थे। सीढ़ियां उतरकर वह नीचे दुकान की पटिया पर आसन ग्रहण कर चुके थे। उस क्षेत्र के बाजार का साप्ताहिक अवकाश वाला वह दिन था। फिर भी अगल-बगल की रोजमर्रा की जरूरतों को पूरा करने में सक्षम कई दुकानें खुली थीं, यों आधी-अधूरी शक्ल में। सड़क पर गहमागहमी थी, लेकिन थोड़ी दबी-दबी, थोड़ी कमजोर। उत्तरी ओर से एक कसे जिस्म का मुछंदड़ शख्स साइकल पर बढ़ा आ रहा था। कई हाथ उसे नमस्ते, राम-राम, सलाम करने के लिए उठे थे। वह पैडिल मारता हुआ मूंडी हिला देता था। उसी ओर से एक मोटरसाइकल सर्राटे से आई, साइकल के आगे अड़ी, सवार को गिरा दिया। मोटरसाइकल के दो सवारों में से एक के पास क्रिकेट बैट था जबकि दूसरे के पास हॉकी स्टिक। बैट वाले ने धराशायी मुछंदड़ पर बैट से कई वार किए। स्टिक वाले ने भी स्टिक आजमाई। बैट वाला मुछंदड़ का सिर फोड़ चुका था। जब उसने दुबारा वार करने के लिए बैट उठाया, स्टिक वाले ने रोक दिया। उसने स्टिक का हैंडिल मुछंदड़ के मुंह में घुसेड़कर जबड़ा फैला दिया। साथी से कहा कि यह हरामी मूत्रदानी का चटोरा था। वह इस हरामी के मुंह में पेशाब कर दे। साथी ने जींस ढीली कर पेशाब की धार मुंह में गिरा दी। वे वारदात को पांच मिनट में अंजाम तक पहुंचाकर गुम हो गए।

वारदात घटने के दौरान शैलनाथ पटिया से उठकर दो कदम आगे बढ़े थे। फिर वहीं ठिठक गए थे। आस-पड़ोस के दुकानदारों में से भी दो-तीन कुछ फासला बनाकर वारदात के साक्षी बने थे। 'यह ठीक नहीं है, ठीक नहीं है' ऐसा भी कुछ कहा था।

मुछंदड, जिसका नाम मूंगालाल था, वहां लगभग सभी का परिचित था, शक्ल से नहीं तो नाम से। वह कम दूर के एक दूसरे मोहल्ले में रहता था। वह

दादा बन चुका था। उसने कई उन जायदादों को खाली कराकर उन पर उनके मालिकों को कब्जा दिला दिया था, जिन पर कानूनन दूसरे मुद्दत से काबिज थे। इसके एवज में अच्छी-खासी रकम ली थी। जिनको कब्जा दिला नहीं पाया था उनको ली गई पेशगी की रकम लौटाने में हीला-हवाला किया था, "उसने कोशिश तो की थी। दुबारा करेगा। पेट पतला न करें वे।" वह छोटा-बड़ा सौदा दुकानों से बिना कीमत चुकाए उठा लाता था। तकाजा किए जाने पर भृकुटी चढ़ाकर कहता था, "मेरे को बेइज्जत करेगा तो समझ ले खुद इज्जत से पैदल हो जाएगा।" घर के बिजली मीटर की सील टूटी थी। मीटर रीडर ने कहा था, "भैया जी, एप्लिकेशन देकर दूसरा मीटर बदलवा लीजिए। चैकिंग होने पर रिपोर्ट क्यों नहीं की गई, इसको लेकर मुझ पर गाज गिरेगी।" उसका जवाब था, "चैकिंग के आदमी को बता देना लोहे का कनटोप पहनकर आए। और हां, अगर तूने कोई हिमाकत की तो टांग टूटे कुत्ते की तरह घिसटेगा।" उसने एक राजमिस्तरी, जिसने उसके आंगन में नुक्स ला दिया था, मिस्तरी के जिस्म में नुक्स ला दिया था। उसने अपने मकान के निकास में सरकारी गली की दो फुट जगह दाब ली थी और जब नगरपालिका का कारिंदा नोटिस की पावती के लिए जिद करने लगा, उसने पहले उसे जुतियाया, फिर नाली में उसकी खोपड़ी को डुबकी लगवाई। गदराए जिस्म की औरत उसकी कमजोरी थी। साम, दाम, दंड, भेद से राजी नहीं हुई तो वह उसे अगवा करा लेता था और भोगकर ही छोड़ता था। शराब पीकर वह एक घर में घुस गया था और मां के सामने ही उसकी बेटी को कोठरी में खींच ले गया था। उसने उस लड़की को, जो जल्दी ही दूसरे की पत्नी बनने जा रही थी, एक निर्जन स्थान में ले जाकर तीन दिन तक रौंदा था। बेइज्जती की नुमाइश लगे, इससे बचने की खातिर बाप अंदर ही अंदर रोकर भगवान से दुष्कर्मी को सजा देने की प्रार्थना करता रहा। तय विवाह छूट गया। बाहर से आए भाई ने जब थाने में रपट लिखाने की हिम्मत दिखाई, कहा गया कि अब देर हो चुकी है। कायदे से परिवादी उसकी पीड़िता बहन को बनना था।

राहगीरों में से एक ने मुछंदड़ के भाई को फोन कर दिया। भाई पैतृक संपत्ति में पूरा हिस्सा न मिलने के कारण नाराज था और अलग रहता था। फिर भी भाई होने के नाते वह उसको रिक्शे पर लादकर ले गया। मुछंदड़ के मुंह से ठीक से आवाज न निकल पाने के कारण रपट भाई ने ही लिखाई थी।

एक सप्ताह बाद शरीर से अधिक अपनी दबंगई की साख की दुर्गति से

ग्लानित होकर मूंगालाल ने सल्फास खाकर उस दुर्गति से मुक्ति पा ली।

दैनिक पत्रों में खबर गरमाने और एक नेता के दबाव से, जिसने मूंगालाल को आश्रय दे रखा था, एक पूर्वाह्न पुलिस का दारोगा शैलनाथ के पास आया और वारदात के बारे में पूछताछ करने लगा। उन्होंने कहा कि वह मौका-ए-वारदात पर थे ही नहीं। पेचिस की उठी मरोड़ की वजह से घर के अंदर आ चुके थे।

"बैंक के एटीएम गार्ड का कहना है कि उसने आपको सड़क पर बढ़कर वारदात का घटते हुए देखना देखा है।"

"जब गार्ड मेरे को वारदात का गवाह होना बता रहा है तब उसने खुद भी वारदात का होना देखा होगा।"

"गार्ड कहता है कि दो-तीन डरे घबराए राहगीर एटीएम वाले कमरे में घुस आए थे, इसलिए वह अपनी ड्यूटी पर ही बना रहा था।"

"मैं पहले मौजूद था, ऐन वक्त पर नहीं। पेट में मरोड़ उठी थी। मैं चला आया था।"

दारोगा ने कहा, "आस-पड़ोस के कई दुकानदारों ने वारदात होते जरूर देखी होगी। वे मुकर गए हैं। साले हिजड़े हैं। आप पढ़े-लिखे जिम्मेदार शख्स हैं, रिटायर्ड सरकारी कर्मचारी।" थोड़ा ठहरकर कहा, "यह सही है कि मृतक एक गुंडा था, क्रिमनल और लोगों की हमदर्दी ऐसों के साथ नहीं होती है, लेकिन क्रिमनल को सजा देने का हक कानूनन सरकारी तंत्र को है, किसी दूसरे को नहीं।"

शैलनाथ की जबान पर आया कि अगर सरकारी तंत्र ने यह जिम्मेदारी निभाई होती तो दूसरा क्यों इसे अपने ऊपर लेता, लेकिन जो कहा वह था, "मैंने अगर वह सब अपनी आंखों से घटते देखा होता तो मैं कानून के साथ जरूर खड़ा होता।"

दस दिन के वक्फे से पिछले दारोगा के साथ कंधे की पट्टी पर एक अधिक स्टार वाला दारोगा आया। इस दो स्टार वाले दारोगा ने बताया कि मूंगालाल को बैट, स्टिक से लहूलुहान करने वाले दोनों नवयुवक पकड़ लिए गए हैं। उसने उनके फोटो सामने रख दिए। रखकर मंद-मंद मुस्कराता रहा। पूछा, "ये ही वे दो हमलावर थे न?" इस पूछने को दम देने के लिए तुरंत जोड़ा, "मैंने तफतीश में आपकी मौका-ए-वारदात पर होने की तसदीक कर ली है। आपका मकान, मकान का निकास एकदम मौका-ए-वारदात के सामने है। इसलिए आपकी मौजूदगी पुख्ता किस्म की है। शिनाख्त परेड में आप इन

अपराधियों की शिनाख्त कर लीजिएगा। तब आपकी शहादत अदालत को मानना ही मानना है।"

"मैं वारदात के वक्त नीचे सड़क पर नहीं था। पेट की मरोड़ के कारण पहले ही ऊपर आ चुका था। यह बात मैं इन जनाब को बता चुका हूं," उन्होंने एक स्टार वाले दारोगा की ओर इशारा किया।

दो स्टार वाले दारोगा ने भी उनका रुख नरम करने के लिए मृतक के परले दर्जे का बदमाश और क्रिमनल होना स्वीकार किया और कहा कि ऐसे लोगों के साथ जनसाधारण की हमदर्दी नहीं होती है, लेकिन सुशासित व्यवस्था के लिए इनको सजा देने का हक तो सिर्फ प्रशासन को है। इस बार भी उनकी जबान पर आया कि प्रशासन ने अगर यह दायित्व स्वयं निभाया होता तो कोई दूसरा क्यों इसको अपने ऊपर लेता, पर वह बोले, "क्षमा करिएगा, मैं दूसरों के कहने से अपनी मौजूदगी बताकर झूठी गवाही नहीं दूंगा।"

उन्होंने उस वारदात से अपने को निस्संग कर लिया था। मान लिया था कि निचली अदालत में ही मुकदमा तय होने में खासा वक्त लगेगा। पुलिस ने अपनी कारगुजारी दिखाने के लिए दो-तीन फर्जी गवाह गढ़ लिए होंगे।

सुबह आठ का वक्त था। शैलनाथ चाय की दूसरी प्याली लेकर खिड़की के पास बैठ गए थे। बारह-चौदह वर्ष का एक लड़का साइकल के हैंडिल पर पकड़ छोड़े दोनों हाथ लहराता हुआ गुजरा था। दो मोटरसाइकलें आगे-पीछे सांय-सांय करती हुई गुजरी थीं यों जैसे उनमें आगे रहने का कॉम्पिटीशन हो। स्कूटी पर सवार एक लड़की ने कंधे और गरदन को जोड़कर मोबाइल दबा रखा था। एक साइकल सवार साइकल चलाता हुआ मोबाइल पर स-संवाद था।

"किसी से बात करना हो तो भैया दो मिनट के लिए उतरकर आराम से बात कर लो। वक्त की कमी का नहीं यह दिलेरी की शान का जताना है। ऐसी दिलेरी में ही एक्सीडेंट होते हैं," वह बड़बड़ाए।

वह नीचे अपनी गोदाम वाली दुकान की पटिया पर बैठे थे, अकेले। एक मोटरसाइकल दक्षिण की ओर से आई, दूसरी उत्तर की ओर से। दोनों के सवार सड़क के बीचोबीच ठहरकर बातें करने लगे। बातचीत लंबी खिंची थी। ट्रैफिक ने अगल-बगल से खीजते हुए रास्ता बनाया था। कुछ ही देर बाद एक कार एक जनरल स्टोर के सामने रुकी। दो लेडीज स्टोर में घुसकर इत्मीनान से आइटम्स को देखती-परखती, ब्रांड्स की तुलना करती हुई खरीदारी करने

लगीं। एक दुपहिया भी आकर कार की बगल में खरीदारी के वास्ते टिक गया। ट्रैफिक ने संकरा पड़कर बाकी सड़क को छेंक लिया था।

सड़क-दर्शन करते हुए जब अगले दो दिन उनको सड़क पर मनमाने ढंग से वाहन रोकने, खड़ा करने के वही घटाटोप दृश्य कई बार देखने को मिले, वह बड़बड़ाए, "वाहन लोग खरीद लेते हैं लेकिन उनके चलाने के नियम-कायदे नहीं जानते। जानते भी हैं तो नियम-कायदों की ऐसी-तैसी करने में अपने खास होने का गर्व अनुभव करते हैं। बी. ए., एम. ए. के डिग्रीधारक होकर भी बेपढ़े-लिखों की तरह पेश आते हैं, सभ्य के बाने में वज्र असभ्य, जाहिल।"

वह टी. वी. देखते हुए भी कुछ बेहद बेतुका, बेढंगा, ऊलजलूल घटने पर बड़बड़ाते थे, "दौड़ती ट्रेन की छत से दूसरी पटरी पर जाती ट्रेन की छत पर छलांग लगाई और कोई हादसा नहीं हुआ। बिरले ही होता है ऐसा। ...ऊपरी मंजिल से उतरते हुए बीस सीढ़ियां लुढ़के और कोई अंग-भंग नहीं। असल जिंदगी में इसकी आधी सीढ़ियां भी लुढ़के नहीं कि बच्चू महीनों अस्पताल में नजर आओगे। ...धांय-धांय, घेराघारी, पटका-पुटकी, मारधाड़। परदे की हिंसा तभी तो आज के जीवन में दाखिल हो गई है।"

जब बहू भी साथ में रहती थी, उनका बड़बड़ाना सुनकर हंसती थी, "पिताजी, कोई दूसरा समझेगा आप किसी पर नाराज हो रहे हैं।"

"सुमन," वह बहू को अकसर उसके नाम से संबोधित करते थे, "मैं अपने मन का गुबार यों निकालकर अपने को हलका कर लेता हूं।"

उनका बन गई आदत के तहत सड़क का दीदार करना हो रहा था, ऊपर अपने मकान की खिड़की के करीब बैठकर व नीचे अपनी दुकान की पटिया पर आसन लेकर।

ऊपर से उन्होंने देखा कि एक नौजवान फोन से गाना सुनने वाला पीस कान में ठूंसे साइकल पर बढ़ा जा रहा है। सड़क पार कर रही औरत चपेट में आ गई। गिर पड़ी। साइकल सवार ने मुड़कर औरत को देखा और पैडिल पर पैर तेज-तेज मारे। वह बड़बड़ाए, "किसी को दौड़कर उस हरामी को पकड़ लेना था। पकड़कर दो झापड़ रसीद किए गए होते तो आगे के लिए नसीहत पा जाता।"

वह उसी शाम नीचे अपनी पटिया पर आए थे। वहीं का एक दुकानदार, जो बेटे के आ जाने से फुरसत में था, उनके पास सिगरेट के कश लेता हुआ बैठ गया। जानकारी दी कि आधा घंटा पहले मोटरसाइकल पर दो नौ-उम्र,

लड़के सवार थे। पिछली सीट पर बैठे लड़के के हाथ में खुला तमंचा था। थोड़ा आगे सूअर का बच्चा सामने आ जाने से मोटरसाइकल लौट गई। तमंचा भी हाथ से छिटक गया। अगले सवार ने गाड़ी सीधी की। पीछे वाले सवार ने तमंचा संभालकर दनादन हवा में दो फायर किए। ठाठ से चले गए।

खबर बड़ी थी, सनसनी पैदा करने वाली। उन्होंने दो-एक पड़ोसियों को रोककर पुष्टि की। जब एक ने बताया कि अपनी दुकान के आगे गिरे तमंचे को दीनू टेलरमास्टर ने उठाकर सवार को दे दिया था तो उन्हें हैरत हुई। यह तो बदमाशों को पकड़वाने की बजाय सरासर उनको शह देना हुआ। तमंचा जब बदमाश के हाथ में रहा ही नहीं तो फिर डर किस बात का? अगल-बगल के आठ-दस आदमी आगे बढ़ जाते तो पकड़वाना और भी आसान हो जाता।

वह उठकर उधर चले। दस कदम बढ़कर वापस मुड़ आए। दो मिनट रुककर फिर उधर घूम गए। बीच से फिर वापस लौट आए।

मूंगालाल वाली वारदात को यों चार माह से ऊपर हो चुके थे लेकिन वह लोगों की स्मृति में टिकी हुई थी। कई को मालूम था कि पुलिस ने शैलनाथ को अपराधियों को सजा दिलाने के लिए गवाह बनाना चाहा था मगर वह नहीं बने थे। "तब टट्टी आ गई थी। अब दूसरों को हिम्मत का शिलाजीत खिलाना चाहते हैं।" एक ने दूसरे से फुसफुसाकर कहा।

"यह बूढ़ा सनकी है। सनकनाथ इसे इसीलिए कहा जाता है," एक अन्य बोला।

"इसका बाप पागल था। बाप के जींस इसमें हैं," एक अन्य की टिप्पणी थी।

शैलनाथ के पिता जेलर थे। जेल से दो कैदियों के भाग जाने पर उनको निलंबित कर दिया गया था। निलंबन की अवधि में उनकी दिमागी हालत गड़बड़ा गई थी। वह बिस्तर पर मय बूट वर्दी के लेट जाते थे। बीच-बीच में आवाज लगाकर पूछते थे, "ताला बत्ती सब ठीक? बंदियों की गिनती ठीक?" निलंबन की अवधि में अपनी तैनाती का स्थान छोड़कर वह शैलनाथ के पास आ गए थे। यहां वह बाजार-हाट में जेलर की पूरी वर्दी में निकलते थे। इसी वर्दी में यहां भी वह अकसर बिस्तर पर लेट जाते थे और आवाज लगाकर ताला बत्ती ठीक, बंदियों की गिनती ठीक की बाबत पूछते थे। लगभग तीन माह रुककर वह अपनी तैनाती के स्थान वापस चले गए थे। निलंबन लंबा खिंचा था। वह बीमार हो गए थे। एक सुबह वह अपने क्वार्टर पर मरे हुए पाए

गए। मृतावस्था में भी वह बावर्दी थे।

शैलनाथ की स्वास्थ्य विभाग में नौकरी लग गई थी। तैनाती अपने ही जिला अस्पताल में हुई थी। अधीक्षक या मुख्य चिकित्साधिकारी के किन्हीं फाइलों के निस्तारण में बेजा दबाव बनाने पर या उनके आदेशों में नियम-दोष पाकर उनके मुंह से अधीक्षक के लिए निकला था, 'तुम बेवकूफ हो।' हालांकि यह निकला था उनके अपने कार्यालयी कैबिन में बैठे-बैठे, मगर निकला था बुलंद आवाज में। बगल के कैबिन में अपनी कुरसी पर आसीन संबंधित अधीक्षक ने उन्हें तलब कर पूछा था कि उनका वह 'बेवकूफ' किसके लिए था। उत्तर था, "सर, बेवकूफ से जुड़ा तुम मेरे अपने लिए था। मैंने मेज के एकदम किनारे पर अपना पेन टिका दिया था। फाइल को उठाते हुए वह नीचे आ गिरा और उसकी नॉब चौपट हो गई। सर, मेरी यह आदत है जब मुझसे कोई ऐसी बेध्यानी हो जाती है, मैं इन शब्दों से खुद को ताड़ना देता हूं।" उनके काम को अपनी ही मरजी से करने और उनके असंसदीय आचरण से चिढ़कर कई सक्षम अधिकारियों ने उनके सेवा रिकॉर्ड में प्रतिकूल टिप्पणियां कर दी थीं। उनको अपने सेवाकाल के छोर पर ही हेड क्लर्क का प्रोन्नत पद मिला था। अंतिम छोर पर प्रोन्नति के कारण वह स्थानांतरण की किल्लत से बच गए थे और डेढ़ वर्ष बाद अपने ही जनपद से सेवानिवृत्त हुए थे।

शैलनाथ खिड़की पर बैठने जा रहे थे कि बगल की गली में रहने वाला लड़का ऊपर आ गया। बोला, "दादा जी, स्कूल में दो सौ वर्ड्स का 'माइ स्कूल' पर एस्से लिखने को दिया गया है। मैंने लिख लिया है। पापा ने कहा आपकी अंग्रेजी अच्छी है। प्लीज आप फुरसत से देख लीजिएगा। मुझे अगले मंडे जमा करना है।" उसने साथ लाई कॉपी पास में पड़े स्टूल पर रख दी।

लड़का ढाई-तीन साल के छोटे भाई को साथ लाया था। लड़का उनको उसकी की गई बड़ी शैतानी के बारे में बताने लगा, "दादा जी, कल सुबह मम्मी पूजा के बाद आरती कर रही थीं। यह पेड़ा देने की रट लगाए हुआ था। मम्मी आरती करती हुई किसी से बोलती नहीं हैं। मम्मी आरती लिए हुए आंगन में रखे तुलसा जी के गमले के पास चली गईं। इसने गुस्सा कर ठाकुर जी पर सू-सू कर दी। मम्मी ने इसकी कसकर पिटाई की।"

शैलनाथ खुलकर हंसे। हंसी ने मटमैले असली दांतों को भी चमका दिया। हंसी को आंख में सहेजे हुए उस नन्हे बालक से जुड़े, "क्यों बे, मम्मी ने तुझे

पेड़ा नहीं दिया और तूने मम्मी के ठाकुर जी पर सू-सू कर दी?"

बालक ने मुंडी हिलाकर 'हां' की।

वह फिर वैसी ही दमदार हंसी हंसे। हंसी को एस्से लिखकर लाए लड़के की ओर घुमा दिया, "तेरा यह भाई कम्युनिस्ट बनेगा।"

"कम्युनिस्ट! यह क्या होता है दादा जी?"

"कम्युनिस्ट नास्तिक होते हैं। ईश्वर को नहीं मानते। पूजा-पाठ उनके लिए समय की बर्बादी होती है।"

लड़का इस व्याख्या को पचाने के लिए एक मिनट चुप रहा। पूछा, "दादा जी, आप पूजा-पाठ करते हैं?"

"पहले मैं सुबह पास वाले हनुमान जी के मंदिर जाकर दर्शन-प्रार्थना कर आता था। जब पता चला कि मंदिर के पुजारी के अपनी सलहज से गंदे रिश्ते हैं और इसको लेकर चखचख हुई है, मैंने वहां जाना छोड़ दिया। चौक वाले मंदिर के पुजारी ने अपनी विधवा बहन का जेवर मार लिया है। भांग के नाम पर गांजा, कोकीन का नशा करता है। धंधा भी। अब वहां भी नहीं जाता। हां, देवताओं से जुड़े बड़े त्योहारों पर ऐसा सोचकर कि अपने को पुजारी से क्या मतलब, असल तो देवता हैं, देवताओं के आगे माथा टेक आता हूं। मंदिर जाने की बजाय सुबह सूरज भगवान को प्रणाम कर लेता हूं। सूरज सारे जगत को प्रकाश देता है।"

लड़का चलने को हुआ तो उन्होंने उसके नन्हे भाई की ओर मुस्कान थिरकाकर देखा, "पप्पू पास हो गया।" आधा मिनट बाद, "बिनानी सिमेंट, सदियों के लिए।"

लड़के के लिए उनके इस कहे गए के गूढ़ार्थ समझना मुश्किल था। हां, यह समझना मुश्किल नहीं था कि वह कहा गया अमिताभ बच्चन का है और उसे अमिताभ बच्चन की ढब और स्टाइल में कहा गया है। उसने उसका पूरा मजा लिया।

शैलनाथ का सड़क का लाइव शो देखना बदस्तूर हो रहा था।

वह खिड़की पर बैठे थे। दस का वक्त था। सामने की पटरी पर फोटोस्टेट, ई-मेल और कोरियर का धंधा करने वाले सिंधी की नजर उनकी ओर उठ गई थी। उसने शिकायत को उन तक पहुंचाने लायक आवाज में पहुंचाया, "भाई साहब, जब दुकान खोली यह कार आधी जगह निगले खड़ी

मिली। कार मालिक का पता नहीं कहां गया और कब तक तशरीफ लाएगा। कार खड़ी करते हुए दूसरे की परेशानी का तो खयाल किया होता।"

उन्होंने उपाय सुझाया, "साईं, पहिए की हवा निकाल दो।"

पास मौजूद साईं के जवान साहबजादे ने दांत चिरियाकर उपाय उन्हीं को पकड़ा दिया, "अंकल, दस रुपए पाइएगा। हवा आप निकाल दीजिए।"

"भतीजेराम, अंकल की हैसियत इत्ती तो न गिराओ। पांच सौ का नोट पकड़ा जाओ। चारों पहियों की हवा निकाल दूंगा।"

कुछ ही देर में कारमालिक आ गया। साईं की शिकायत पर हलका सा मुस्कराया और कार स्टार्ट कर चला गया।

संयोग से अगले दिन जब तीसरे पहर शैलनाथ नीचे आए, दुकान की पटिया से सटा एक रिक्शा खड़ा था और रिक्शे वाला उस पर लंबायमान था। स्थिति से उनके चेहरे पर आए तनाव को साईं ने मजा लेते हुए देखा है और उन्होंने वैसा करते हुए साईं को देखा। उन्होंने रिक्शे वाले का चोला हिलाया, "गाड़ी की हवा तू निकालेगा या मैं निकालूं?"

रिक्शे वाला हड़बड़ाकर खड़ा हो गया। हाथ जुड़ गए। बोला, "मालिक, मुझे पता नहीं था यह आपके बैठने का ठिया है। दूर से सवारी ढोकर लाया था। दम उखड़ गया था। सुस्ताने को जिस्म ढीला किया था, आंख लग गई।"

रिक्शा पीछे घसीटकर बोला, "आपके लिए जगह छोड़ दी है। मालिक, इजाजत हो तो दस मिनट और सुस्ता लूं।"

पटिया पर आसन ग्रहण कर उन्होंने दूसरी ओर मुंह घुमा लिया। सड़क पर ट्रैफिक कम था, लेकिन ज्यादा कम भी नहीं। किशोर से कुछ बेशी उम्र के तीन लड़के तीन साइकलों पर एक-दूसरे का हाथ पकड़े निकले थे। वह बड़बड़ाए, "सड़क इन हीरो लोगों ने अपने बाप की समझ ली है।"

पीछे से आ रही एक बाइक ने हॉर्न दिया। हॉर्न अनसुना किया गया। बाइक पटरी से होकर आगे बढ़ गई। बढ़ती बाइक ने साइकलों पर अपशब्द उछाले। साइकलों ने और भी तीखे अपशब्द फेंके।

"उद्दंडता की हद है। कानून की भी मां-बहन करेंगे और एतराज करने वालों की भी।"

एक मोटरसाइकल सवार ने अपना वाहन पटरी पर खड़ा किया और एक मकान में क़िसी से मिलने चला गया। एक कुत्ता प्रकट हुआ। तीन-चार किस्तों में टांग उठाकर पेशाब किया। दस-पंद्रह मिनट बाद सवार लौटा। कड़क लगी

ड्रेसधारी सवार ने वाहन के नीचे बहे गाढ़े पीले द्रव का मुआइना किया। पेट्रोल टंकी में क्या लीकेज है? कैप हटाकर टंकी में झांका। टंकी की बॉडी पर अंगुली फिराई। नहीं टंकी सही है।

कुत्ते के मजाक पर वह हंसे।

शैलनाथ के बेटे की दुकान का अवकाश वाला दिन था। शाम को बेटा मिलने आया था। जीने का बल्ब फ्यूज था। कहा बल्ब वह बदलवा लें। रात में कमरे के बाहर की ओर बाथरूम की लाइट खुली रखा करें। अंधेरे में बूढ़े शरीर को टूटफूट से बचाने के लिए अधिक सावधानी की जरूरत है। उन्होंने कहा कि बल्ब हफ्ता भर पहले ही फ्यूज हुआ है। वह बिजली वाली दुकान पर पहुंच नहीं पाए हैं। बाथरूम की लाइट वह रात में खुली ही रखते हैं। यह कहने के बाद कहा कि अंधेरे में अपने घर की दीवारें, किवाड़, दहलीज सब आवाज देने लगते हैं, "मैं यहां हूं, यहां हूं, बस दो कदम आगे, दो कदम दाईं ओर। अपना घर मां, पत्नी जैसी जिम्मेदारी निभाता है। घर में आत्मा में उतर जाने वाली मीठी महक होती है।"

बेटे ने बैग में से प्लास्टिक का एक मझोला पैक निकाला, "आपकी बहू ने सेब की जैली बनाई थी। आपके लिए भेजी है।"

उन्होंने ढक्कन अलग कर सूंघा। मुंह बिचका, "गंधा रही है।" अंगुली पर थोड़ी जैली निकाली। निचले हिस्से के दो-चार रेशों में सफेदी थी। "फफूंद का भी असर हो गया है। बहू कुछ ज्यादा चतुर है। बचपन में कौवे की छोड़ी दूध-रोटी इसने जरूर खाई होगी। खराब हो चली चीज पिता जी के लिए भेज देगी यह जताने के लिए कि उसे पिता जी की फिक्र-चिंता है। महीने भर पहले जो तू पपीता लाया था, एक हिस्सा गला हुआ था। तीन आम में से बस एक ही हंड्रेड परसेंट सही था। बाकी दो चालीस से बीस परसेंट वाले थे। बहू ने मान रखा है कि पिता जी में कुत्ता-बिल्ली वाले जींस हैं। वह सब पचा लेंगे। बुरा न मानना। तू तो है मनमोहन सिंह जब कि बहू है गांधी परिवार की।"

बेटे ने पैक कूड़ेदान में फेंक दिया।

"देख गोपाल, सुमन से जाकर झगड़ा मत करना। वह तेरी शरीके हयात है, वेटर हाफ। अक्लमंद समस्या का हल निकालने में कड़े, तपते उपायों की बजाय नरम ठंडे उपाय चुनते हैं। टैक्ट से काम लिया कर। खुद जांच इंस्पेक्टर बन वहीं का वहीं डिफेक्टिव माल रिजेक्ट कर दिया कर।"

बेटे के ससुराल में रहने के चंद साल बाद सास की मृत्यु हो गई थी।

मकान पुराना था। बेटे ने उसे सही व सुविधाजनक शक्ल देने की मंशा से उसमें धीरे-धीरे कई रद्दोबदल कराए थे। बेटे-बहू ने महसूस किया था कि छत पर बरामदेनुमा एक कमरा भी जरूरी है। बेटा उनके पास आया था। पचास हजार रुपए की मांग की थी। बोला था बैंक में उनको अपनी जमा राशि पर जितना ब्याज मिलता है, उतना वह उनको देगा। भगवान की कृपा और उनके आशीर्वाद से उसका मेडिकल स्टोर अच्छा चल रहा है। तीन-चार साल में वह सारा पैसा चुकता कर देगा। उन्होंने कहा था, "पिता-पुत्र का संबंध होते हुए भी गोपाल तुम अलग इकाई बन गए हो और मैं अलग इकाई। बैंक में मेरे पास पैसा है मगर मैं दूंगा नहीं। वह मेरी ताकत है, मेरी आत्मनिर्भरता का पुख्ता आधार।"

मन में रह-रहकर ऐसा विचार आने पर कि उनका वह व्यवहार ज्यादा रूखा था बल्कि कटखन्ना, उनको उतना होना नहीं चाहिए था, मामला कुछ दूसरे तरीके से भी निबटाया जा सकता था, वह एक पखवारे बाद बेटे के घर पहुंचे थे। बाजारबंदी का दिन होते हुए भी बेटा घर पर था नहीं। दवा की एक नई एजेंसी पाने के सिलसिले में बाहर गया हुआ था। उन्होंने बहू से कहा, "गोपाल ने ऊपर एक कमरा और बरामदा बनवाने की बात बताई थी। तुम दोनों ने ठीक ही सोचा होगा।" उन्होंने जेब से पांच हजार रुपए निकालकर बहू की ओर बढ़ा दिए, "शुभ कार्य है। पिता जी का कुछ न कुछ सहयोग होना जरूरी है, बतौर आशीर्वाद।"

"आपके बेटे का एक मिलने वाला बैंक से लोन दिलवा देगा। भगवान की कृपा से मन का सोचा पूरा हो जाएगा।"

उनके तीन-चार बार जोर देने पर बहू ने बस एक रुपया रोक लिया था, "परिवार के बड़े बुजुर्ग का आशीर्वाद यह एक रुपया पूरा कर देगा।"

घर पर आठ साल का पोता और चार साल की पोती मौजूद थे। कहा कि मम्मी चाय बना रही है, चाय पीकर जाइएगा। वह खाने के कमरे में जाकर बैठ गए। पेडू का दबाव हलका करने बाथरूम चले गए। लौटकर पाया कि मेज पर बादाम वाला बाउल गायब है। चुटकी ले ली, "रिमोट से क्या बादाम भी फुर्र हो जाती है?"

"दादा जी, मम्मी ने उठाके रख दी है," पोती टुप से बोली।

"दादा जी, बादाम कड़ी होती है। बादाम खाने से बूढ़े आदमियों के दांत टूट जाते हैं," पोता बोला।

"यार, समझदार हो। मेरे दो दांत पहले से टूटे हैं।"

"दादा जी, अलमारी में किशमिश-काजू रखे हैं। किशमिश-काजू नरम होते हैं। निकाल लाऊं?" पोती ने पूछा।

"मुन्नी तू रहने दे। काजू कोलस्ट्रोल बनाता है। बूढ़े आदमियों के लिए कोलस्ट्रोल धीमा जहर है।"

बहू चाय के साथ दो बिस्कुट रख गई थी। उन्होंने चाय पी ली, बिस्कुट छोड़ दिए। बिस्कुट छोड़कर बादाम हटा लेने के निरादर पर अपनी नाराजगी प्रकट की थी। इस निरादर की शिकायत लेकिन वह बेटे से नहीं करेंगे।

शैलनाथ के कमरे में उस दिन पीछे की ही गली का आठ साल उम्री एक अन्य लड़का आ गया था। बताया कि बंदर कल देर शाम पापा की शर्ट उठा ले गया था। हो सकता है कि उनकी छत पर छोड़ गया हो। आस-पड़ोस के लड़के कभी गिरी पतंग या बैट से उछली बाल को लेने अकसर आ जाते हैं। पहली बार छत पर जाने वाले लड़के को वह खों-खों-खों या भौं-भौं-बाख-भौं की आवाज से डरा देते हैं। "दादा जी, लगता ऊपर बंदर है—दादा जी, आपने क्या डॉगी पाल लिया है?" अधबीच से लौटा लड़का उनसे दरयाफ्त करता। वह बंदर, कुत्ते, बिल्ली की मिमिक्री करने में माहिर थे। अब लड़के उनकी इस शरारत से वाकिफ थे।

लड़का नीचे आ गया था। छत पर शर्ट नहीं थी। कुछ फासले के एक मकान से मर्द-औरत का गाली-गलौज वहां उड़कर आ रहा था।

"लगता, रघुवीर ताऊ और ताई लड़ रहे हैं," लड़के ने अंदाजा लगाया। दो मिनट रुककर कहा, "हां, वही हैं।" फिर लड़ाई की जद में उनको ले आया, "मम्मी बताती हैं आप दादी जी से लड़ते थे खूब जोर-जोर से।"

"यार, आदमी-औरत जब चौबीस घंटे साथ-साथ रहेंगे तो कभी-कभार झगड़ा हो ही जाएगा। झाबे में रखे बर्तन अकसर टकराकर टन-झन करते हैं कि नहीं," उन्होंने लड़के की ओर ताका। मुस्कराए, "सच-सच बताना, दादा जी की सौंह, तेरे मम्मी-पापा भी लड़ते हैं न।"

लड़के ने पहले सिर हिलाया, फिर इस हिलाने को धीमा 'हां' का स्वर दिया। फिर वक्फा लिया। फिर किसी बड़े राज को खोलने वाली आवाज में कहा, "दादा जी, पिछले महीने पापा की पैंट आयरन करते हुए मम्मी से जल गई थी। पैंट नई थी। पापा मम्मी को लात घूसों से मारने लगे। मैं रोने लगा। मैंने

पापा को 'साला मर जा' की गाली दी। मम्मी ने इस पर तड़ातड़ मेरे झापड़ मारे। मुझे फिर चिपटाकर रोने लगी, पापा को आगे से गाली मत देना। पाप है।"

लड़का राज खोलने के बाद चुप नहीं रहा। सवाल किया, "मम्मी लोग पापा लोगों को क्यों नहीं मारतीं? क्या नहीं मार सकतीं?"

"मार सकती नहीं, मारती हैं, लेकिन बहुत कम। जो मारती हैं उनके मारने का तरीका दूसरा होता है, ज्यादा चोट पहुंचाने वाला। वे पापा लोगों से अलग हो जाती हैं, दूसरे आदमी से शादी कर लेती हैं, जहर खाकर, आग लगाकर या गले में साड़ी का फंदा कसकर जान दे देती हैं।" ऐसा सोचकर कि कच्ची उम्र के बच्चे से जहर, फांसी की बात नहीं करनी चाहिए, वह उससे उसके स्कूल, उसके टीचर की बातें करने लगे।

शैलनाथ का सड़क का लाइव शो देखना बदस्तूर कायम था। वह उनका समय काटने का एक जरिया था। वह उन्हें पसंद भी था।

एक नौजवान साइकल सवार ने दूसरी दिशा में पैदल जाती चेहरे-मोहरे से नमकीन लड़की की ओर गर्दन घुमाकर देखा। एंक मिनट बाद फिर गर्दन घुमाकर देखा। जल्द ही फिर ऐसा किया। सीटी बजाई।

वह बड़बड़ाए, "लड़की का भाई या बाप होता तो दो जूते रसीद करता। तब सारी मजनूगीरी वहीं निकल जाती।"

एक बुलेरो गाड़ी को उलटी दिशा में जाना था। चौड़ा खुला स्लोप सामने था। स्लोप पर जाकर गाड़ी अभी ठीक से घूमी भी न थी कि एक मोटर-साइकल आकर अड़ गई। फिर एक और मोटरसाइकल। पीछे भी स्कूटर, मोटरसाइकल आ धमकीं। दर्जनों साइकलें भी संधों-फांकों से निकलने की कशमकश करने लगीं।

"गाड़ी सीधी होकर निकल जाए, लोगों में इतना धीरज नहीं। उतावली ऐसी है जैसे इन ससुरों सबके अपने सगे संबंधी अस्पताल में आइ. सी. यू. में पड़े हैं और उनको वहां पहुंचना है।"

कान से मोबाइल चिपकाने वाली साइकल का संतुलन डगमगाया। सवार तो गिरा ही, मोबाइल ने भी कूदकर नाली में डुबकी लगा ली।

"शक्ल देखे कोई। मुंह मरे छछूंदर जैसा हो गया है। नसीहत मिलना जरूरी था।"

वह नीचे पटिया से उठकर ऊपर जाने के लिए सीढ़ियां चढ़ रहे थे कि हल्ला-गुल्ला सुनकर नीचे उतर गए। एक मोटरसाइकल सवार ने एक औरत की चेन खींचने की कोशिश की थी लेकिन चेन गले से अलग नहीं कर पाया था। कान का झूमर नोच ले जाने में सफल हुआ था। औरत का कान फट गया था। खून टपक रहा था। औरत पास की ही थी। पति खबर पा उसे रिक्शे पर बैठाकर ले गया।

वह गिरती-बिखरती कानून-व्यवस्था पर नीचे तो बड़बड़ाए थे ही, ऊपर आकर भी देर तक बड़बड़ करते रहे थे।

समय भी अन्य चीजों की भांति दो छोरों से नपता है भले ही इन सबके नापने, मापने का पैमाना या माध्यम जुदा-जुदा हो। शैलनाथ असल में क्या हैं इसको जानने-समझने के लिए उनसे संबंधित पंद्रह माह की गतिविधियों, प्रसंगों का जायजा लेना सही माना गया था। इस समय का एक छोर मुछंदड़ मूंगालाल का प्रसंग था और दूसरा छोर कमल कुमार भाटिया का प्रसंग है।

संयोग से वह भी तीसरे पहर से कुछ बाद का वक्त था। शैलनाथ नीचे पटिया पर बैठे किसी की पेश की हुई मीठी सुगंधित सुपारी चुभला रहे थे। सामने वाली पटरी की एक खाली गंदी जगह पर बारह-चौदह वर्ष का लड़का, जिसके कंधे पर झोला लटका था, पेशाब के वास्ते रुक गया था। लड़का फारिग होकर दो कदम आगे सड़क पर आया ही था कि एक साइकल से टकराकर गिर गया। इससे पहले कि वह उठ पाता ठीक पीछे आ रही एक कार उस पर चढ़ गई। कार चालक ने खिड़की से झांका, दुर्घटना की गंभीरता आंकी और फुर्र हो गया।

लड़के की गर्दन पहिए के नीचे आई थी। चेहरा खून से लथपथ हो गया था। वह जिंदा से मुर्दा बन गया था।

लड़के की मां आ गई थी। वह छाती कूटती, सिर पटकती हुई कलपने लगी। वह उसका इकलौता बेटा था। बाप नहीं था। सौदा सुलुफ लेने मंडी को निकला था।

यह हादसा भी समाचार-पत्र का हिस्सा बन गया था। पुलिस हरकत में आ गई थी। पुलिस ने उनसे भी पूछताछ की। इस दफा उन्होंने अपनी मौजूदगी झुठलाई नहीं।

एक रात आठ बजे जब वह भोजन की तैयारी कर रहे थे, एक अधेड़

आयु का व्यक्ति मिलने आया। पहनावा अभिजात था। चेहरा उतरा, बुझा था। उसने बताया कि उसका बेटा कमल कुमार कार चला रहा था। कार ड्राइविंग में वह अनाड़ी नहीं है। मृतक लड़का एकदम कार के नीचे आ गया था। मौत-जिंदगी ऊपर से लिखी होती है। उसका उसी तरह होना कोई बदल नहीं सकता। उसको लड़के की मौत का बहुत दुःख है। वह लड़के की मां के पास गया था, उसने मुआवजे में पचास हजार रुपए देने की पेशकश की थी। राजी नहीं हुई। जख्म अभी हरा है।

वह कहने को हुए कि हर मौत का मुआवजा नहीं होता, न हर आदमी को खरीदा जा सकता है, लेकिन कहा नहीं।

"कमल कुल तेईस साल का है। इन्हीं सर्दियों में उसकी शादी है। अगर सजा हो गई तो उसकी जिंदगी बर्बाद हो जाएगी।" पिता बोला।

वह कहने को हुए कि मृतक की मां की बरबादी कहीं बड़ी है, मां के भविष्य में अब अंधेरा ही अंधेरा है, लेकिन कहा नहीं।

एक पखवाड़े बाद रात के उसी समय अभियुक्त के पिता भाटिया जी फिर उनके पास आए थे। इस बार भी लड़के की उम्र और उसका चंद माह बाद विवाह होने की बात बताकर कहा, "आपकी दया की प्रार्थना है। आपकी दया से बेटे की जिंदगी के साथ हम मां-बाप की जिंदगी नरक बनने से बच जाएगी।"

"आपकी परेशानी मैं समझ रहा हूं।"

कुछ समय बाद उनको खासी रकम का लालच मिला।

कुछ अंतराल के बाद धमकी मिली।

उनका बेटा आया था। आवाज तिनकी हुई थी कि रपट के दूसरे गवाह जबकि मुकर गए हैं, अकेले एक उन्होंने ही सच बोलने की कंठी डाल रखी है। उसके पास धमकी भरा संदेश आया है कि अगर उसका बाप गवाही देने से बाज नहीं आया तो उसके दोनों बच्चों का अपहरण कर उनकी लाश नदी-नाले के सुपुर्द कर दी जाएगी। वे पैसे वाले हैं। अपने गुंडों-बदमाशों से कुछ भी करा सकते हैं।

उनको जो धमकी मिली थी वह उनको ठिकाने लगा देने की थी।

"तुमको राहुल और गीतिका का अपहरण करा देने की धमकी भिजवाई गई है।" उन्होंने पोते और पोती का नाम लिया। "गोपाल, तेरा कहना ठीक है। पैसे में बड़ी ताकत होती है। पैसे वालों की सेवा में गुंडों-बदमाशों की पलटन

होती है। वे अपने गुंडों-बदमाशों से कुछ भी गलत करा सकते हैं।"

अदालत की डायरी में मुकदमा चढ़ गया था। पुलिस का सिपाही सम्मन लेकर आया था।

"मेरा गवाही देना क्या जरूरी है? इन दिनों मेरी तबियत बहुत गिरी-पड़ी चल रही है।"

तारीख से एक दिन पहले सिपाही उनको याद देहानी कराने आया था।

"मुझे पिछली रात तेज बुखार था। अभी भी है।"

"सरकारी वकील को बुखार बताकर आपको अगली तारीख दिलवा दी जाएगी।"

वह उसी तारीख को मुकदमा शुरू होने से पहले पहुंच गए थे।

चील की चोंचनुमा नाक वाले बचाव के वकील ने उनको अभियोजन के पक्ष में दिए गए बयान से डिगाने, बेदखल करने के लिए जो कई चालाक सवाल किए थे, उनके उन्होंने सम्हल-संभाल कर जवाब दिए थे।

एक सवाल था, "आपने अपनी उम्र बहत्तर साल बताई है। घटना के समय अंधेरा हो चुका था?"

जवाब था कि सूरज की चमक उस समय थी। तीन साल पहले मोतियाबिंद का ऑपरेशन जब उन्होंने कराया था, डॉक्टर ने आंख में लेंस डाल दिए थे। साफ नजर के प्रमाण में उन्होंने जोड़ा था, "सामने दीवार पर गांधी जी की जो फोटो लगी है, उसमें मुझे गांधी जी की कमर से लटकी घड़ी दिखाई दे रही है।"

एक सवाल था, "अभियुक्त जब कार के अंदर था तब आप यह कैसे कह सकते हैं कि वह अभियुक्त ही था?"

जवाब था, "कार के पहिए के नीचे कौन आ गया इसे देखने के लिए अभियुक्त ने खिड़की से गर्दन निकाली थी। दो-तीन मिनट तक गर्दन बाहर रही थी।"

एक सवाल था, "अभियुक्त जिस कार को चला रहा था उसका नंबर भी देखा होगा?"

जवाब में उन्होंने नंबर का पहला हिस्सा बने भाग के साथ नंबर बता दिया। तीन अंक बताने के बाद रुके थे, "आखिरी अंक सेविन या नाइन था।"

एक सवाल था, "गाड़ी कौन सी थी? मारुति या वैगन आर?"

जवाब था, "नहीं शैवरलेट थी।" शैवरलेट के उन्होंने स्पैलिंग बता दिए थे।

एक सवाल था, "आप कहते हैं कि मृतक लड़के ने पेशाब कर जैसे पटरी छोड़ी, सामने से आ रही साइकल ने टक्कर मारी और लड़का सड़क पर मुंह भड़ाक गिर पड़ा। असल गुनाहगार तो साइकल सवार हुआ?"

जवाब था, "साइकल की टक्कर से गिरने पर लड़के को मामूली चोट आई होगी। साइकल सवार भागा नहीं था। पिटकर भी खड़ा रहा था और रोता रहा था। अभियुक्त अपनी कार से तुरंत फुर्र हो गया था।"

एक सवाल था, "मृतक घटना के समय अकेला था। उसके साथ कोई और नहीं था?"

उनको मालूम था कि रपट मृतक की मां ने लिखाई थी और उसने साथ में अपना होना दर्ज कराया था। जवाब था, "घटना के समय मृतक की मां मृतक के साथ थी।"

गवाही के बाद शैलनाथ कचहरी के सामने वाले गेट से नहीं पिछवाड़े वाले गेट से निकले थे। एक कोने में रिक्शा खड़ा था। उस पर बैठकर घर आ गए थे।

'नया ज्ञानोदय', जनवरी, 2014